KB126416

디지털 포엠

나는 수천 마리처럼 이동했다

박유하

시인의 말

이곳에 들어오기 전에 반드시 당신 스스로
'시'를 정의하길 바란다.
당신만의 시가 없다면 타자의 시는 덫에 불과하다.
이곳이 오롯이 당신의 눈으로 다시 새롭게 일어나는
'터전'이 되었으면 좋겠다.

2023년 6월
박유하

차례

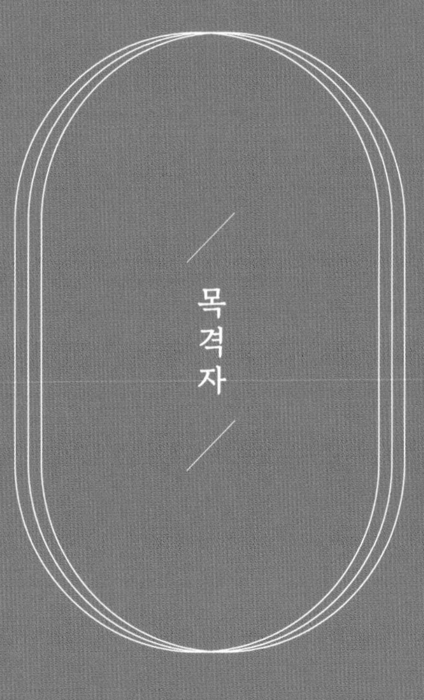

목격자

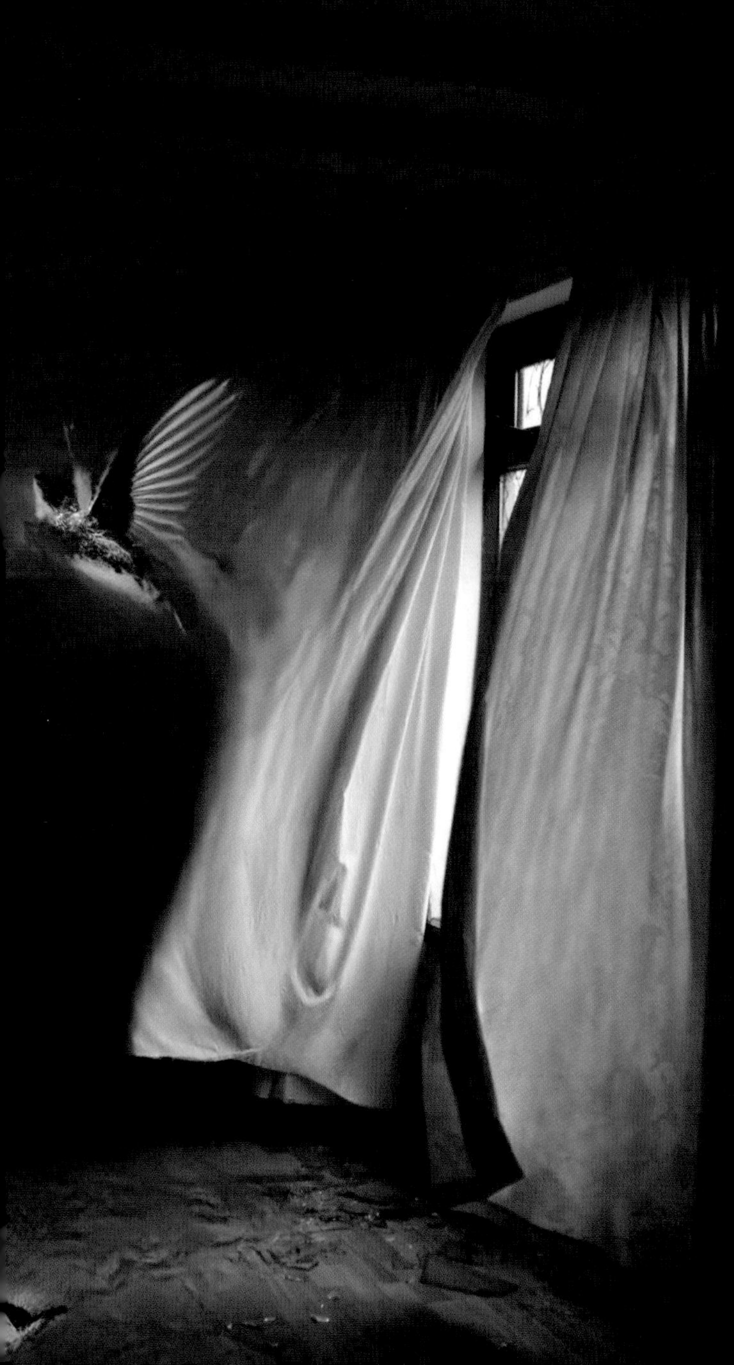

목격자

"나는 못 봤는데"

"방 안에 있다니까"
"휘젓고 다니는 새를 못 볼 리가 없잖아"

우리는 연극의 막을 올리듯이
천천히

방문을 열었다

note

옆집에 새를 잡는 사냥꾼이 살았다.
하지만 그가 총을 가지고 다닌 모습을 본 적이 없다.

다만 그를 보면 총소리가 들려올 것처럼 긴장됐다.

어느 날 나의 방에 새가 들어왔다.
깜짝 놀란 중에, 나는 옆집에 사는 그가 생각났다.
그에게 말해서 새를 잡을까. 내심 나는 그가 새를 잡는 모습이 궁금했던 것이다.

새의 자유와 나의 호기심을 견주던 가운데
새는 사라지고 말았다.

그리고 이미 그가 이사했다는 소식을 나중에서야 알았다.

끝내 잡지 못한 새와
새를 잡는 그가 동시에 꿈에 나온 적이 있다.
그들 사이에 어떤 일이 있었는지는 기억이 나지 않는다.

분명 무슨 일이 있었던 느낌만 남은 채로

꿈에서 깬 나는 여전히 연극의 막을 올리듯이 기억을 해내려고 애쓰는 것이다.

시를 쓰듯이, 더듬더듬, 그러나 반드시.

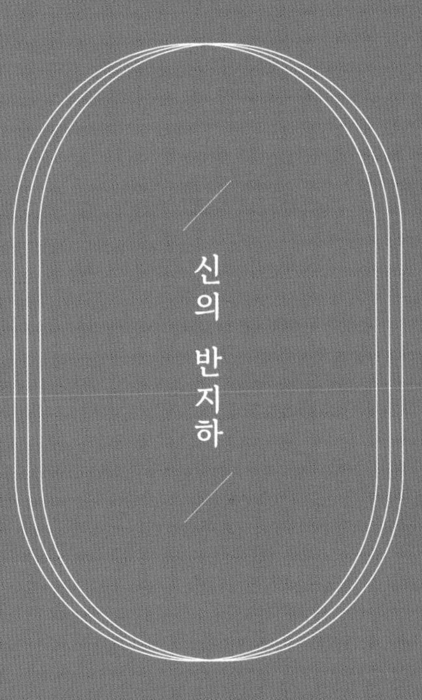
신의 반지하

4B
4C

신의 반지하

오래 꽂혀 있는 책은 중력이 아닌 운명이 그 자리와 함께하는 것이다
그러한 책을 들어 올리면 자리의 따뜻하고 쓸쓸한 내장이 따라 올라온다
시큼하고 깊은 종이 냄새

책 한 마리를 끌고 가면서
나는 따뜻하고 쓸쓸한 내장의 울렁이는 속을 익힌 적이 있다

따뜻하고 쓸쓸한 내장에게 내어 줄 살이 있을 때
신이 이토록 사랑한 자리는 늘 출렁거린다

note

한자리에 오래 있으면 그 자리가 나를 소화하고 있는 느낌이 든다.

나에게 문득 방 냄새가 풍길 때가 있다.
그런 순간은 내가 머물렀던 자리의 위장이 함께 따라와
여전히 내가 소화되고 있는 것같이 울렁거렸다.

방이 소화하는 나를 이끌고 저녁 거리를 걸으며
방과 나를 이어 준 신을 상상한 적이 있다.

신의 의도는 우연처럼 보인다.
이해하지 못하면 믿어야겠지.

나의 방은 반지하였다.

끝내 방이 소화하지 못한 나는 유물처럼 남아
땅 위로 지나가는 모든 것을 우러러봐야 했다.
이쪽에서 보는 저쪽은 모두 찬란했던 적이 있었다.

외계로 가는 귀

외계로 가는 귀

정작 고막까지 도달하는 소리가 거의 없는 나의 세계는 이명이다

수평을 오르내리는 경험을 자주 하다 보면
어느새 가만히 앉아 있는 나를 태우고 세계가 돈다

비행접시가 핑핑 돌아가듯이

팅, 팅, 팅, 세계는 수면을 딛고 경쾌하게 날았다가
무음처럼 죽은 척했다

note

이 세상의 모든 의미들에 대해 의심이 들 때가 있다. 이것을 일종의 시적 이명이라 해두자.

시적 이명의 시간에는 세상의 모든 코드들이 지워지기 때문에

오롯이 나의 힘으로 직립해야 한다.

외계는 늘 모험이다. 그러한 외계에서 수평을 잘 잡을 때 시가 나온다.

시를 우주선처럼 타고 핑핑 돌아가다가

다시 이 세상의 모든 의미들을 받아들여야 하는 현실로 오면

시는 무음처럼 죽은 척하기도 했다.

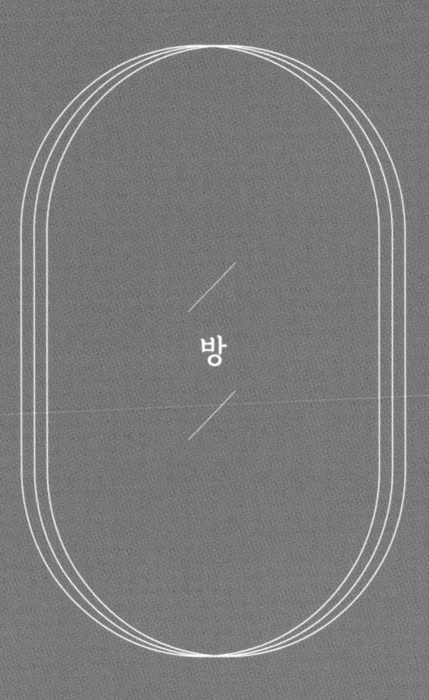

방

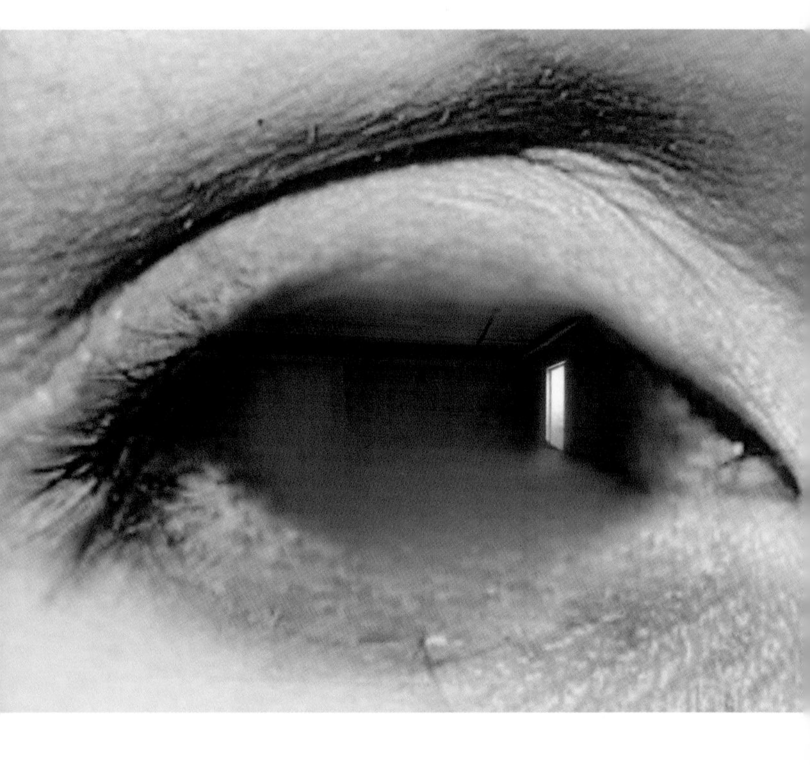

방

방, 하면 회오리치다가
서서히 머무는 중력감이 느껴진다

이러한 방식으로 방은 태어난다

불현듯 길목에 주저앉는 사람은
바람처럼 길을 돌다 그만 방이 되어 버렸기 때문이다

방으로 맺혀 있는 사람은
신호등이 바뀌고 뒤에 있는 사람들이 길을 재촉해도
눈의 초점이 돌아오지 않는다

자신의 힘으로 견디고 있는 방을 정확히 바라보고
있기 때문이다

note

누구나 방을 품고 살아간다. 나는 방을 잊고 있다가, 그만 주저앉아 버릴 때가 있다. 방은 그때서야 나를 가두고 서서히 자신의 존재를 드러낸다.

방 안에 맺혀 있는 나는 방에서 나오지 못한다. 방은 나의 힘으로 나올 수 있는 공간이 아니다. 오롯이 방이 나를 풀어주는 힘으로 나는 다시 길을 걸을 수 있다.

방은 텅 빈 마음도, 무거운 몸도, 버거운 시간도 아니다. 다만 나를 에워싸는 무정형의 공간이다. 나를 없애면서 나를 있게 하는 공간.

초점을 잃은 눈으로만 그러한 방을 바라볼 수 있다.

지우개 똥

지우개 똥

그리고 썼다 노트를 꽉 메우고서야 마음에 남아 있는 한 방울을 직감했다

흩어진 지우개 가루를 뭉칠 때는 이 한 방울을 흘려보내는 속도에 맞추어 반죽해야 한다

톡, 지우개 똥을 날리면 증발되는 한 방울

책 사이에 낀 지우개 가루를 털면 건조한 생활을 통째로 들킨 기분이 든다 그리고 쓴다 한 방울 찾기 위하여

문질러진 지우개 가루를 긁어 다시 문지르기를 반복하며
나는 동그랗고 까맣게 형상화되는 한 방울의 흔적을 즐겼다

note

마음에 남아 있는 슬픔을 모조리 비워 버린다는 생각으로 끝없이 문장을 이어 나간 적이 있다.

그리고 어떤 문장으로도 없앨 수 없는 슬픔 한 방울로 다시 마음을 반죽하고 빚어낸다.

그렇게 새롭게 빚어낸 마음을 톡, 날려 보기도 하면서.

책 사이에 낀 지우개 가루같이 말라비틀어진 일상 속에도 슬픔 한 방울은 고갈되지 않는다.

그 한 방울을 섞은 얼룩진 지우개 가루를 오랫동안 이리저리 반죽해 보곤 한다.
지우개 가루를 반죽하고 동그랗게 만드는 작업이 나에게 모종의 위로로 다가올 때가 있다.

어쩌면 나는 동그랗고 까맣게 형상화되는 슬픔 한 방울의 흔적이라도 날려 보고 싶었는지도 모른다.

불면증

불면증

죽은 선인장이 여전히 푸르다

죽음마저 속도를 낮추는 선인장의 윗녘은 먼 나라의 기후 같고

그곳의 문명은 아무것도 자라나지 않는 땅에
박혀 있는 돌멩이

돌멩이는 주워도 담기지 않는다
오직 그곳에 있어야 그 돌멩이일 수 있다는 정서 때문에

note

죽음은 선인장을 재빨리 정복하지 못한다.

그러한 점에서 선인장은 독한 식물이다.

뿌리가 썩어 말라비틀어진 선인장이 오랫동안 집 안에 놓여 있었다.

그럼에도 여전히 푸른빛을 잃지 않는 선인장은

죽음을 살아 냈다. 천천히 다가오는 윗녘의 기후처럼 죽음을 맞이하면서

선인장은 돌멩이가 되어 가고 있었다.

그러한 돌멩이는 주워 담을 수 없는 정서였고

일종의 불면증이었다.

현실이 꿈처럼 몽롱해질수록 꿈이 현실 같았다.

이러한 기후에는 죽음이 식물처럼 쑥쑥 자란다.

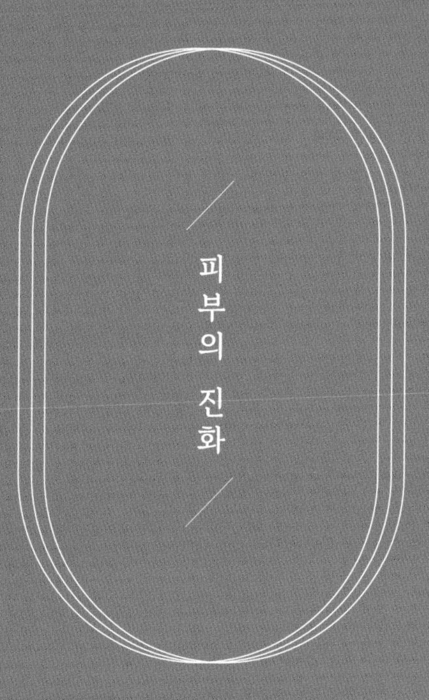
피부의 진화

피부의 진화

"엄마, 이게 뭐야?"
나는 펑펑 울었고 엄마는 나를 달래 주었다

"악몽이란다, 얼룩말처럼 잘 달리는"
까맣게 커지다가 하얗게 작아지는 얼룩을 나는 밤새도록 문질렀다

지독한 애무였다 나의 사랑을 받다 지친 얼룩에
먼지나 머리카락들이 쓸모없이 붙었다
마침내 얼룩이 적적한 친근에 대해 속삭이는 것이다.

나는 식은땀처럼 맺히는 얼룩의 마음을 자주 닦아 주었다

note

성숙해진다는 건 낯설고 힘겨운 일이다.

얼룩말처럼 잘 달리기 위해 얼룩진 마음을 문질렀다.

지독한 애무였을까, 성숙해진다는 것은.

어른으로 호명되지만, 어른이 아닌 내가 진실하게
그 호명을 지워 내버리는 작업에서 나는 '적적한 친근'을
경험한다.

고독하지만 외롭지 않은 이러한 마음이 맺힐 때
어른이 아닌 끝내 '나'일 수 있는 용기가 호출되기도 한다.

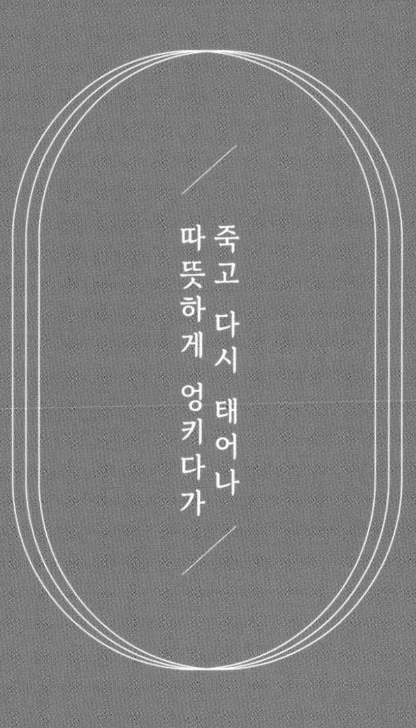

죽고 다시 태어나 따뜻하게 엉키다가

따뜻하게 엉키다가 죽고 다시 태어나

"누가 있는 것 같아"
"누가 있다고 그래"

그들은 자신의 안테나를 최대한 올려 이곳저곳을 쓸어 본다

한데 나오는 한 움큼

"이게 뭘까"

나는 그들의 안테나 속으로 들어가
나와는 무관한 백색의 다리를 얻어 수천 마리처럼 이동했다

note

한없이, 한없이 허약해질 때에야 비로소 드러나는
작은 불씨 같은 에너지가 있다.
그러한 에너지는 바닥과 구분하기 어렵지만 분명 나를 살게 한다.

아무도 알아보지 못하는 '살아 있음'에 대하여
'무엇일까, 당신은'
하고 따뜻하게 바라봐 주는 마음이 좋다.

내가 살아 있음을 눈치채지 못하는 사람들 속에서
그러한 마음은 바글바글 기어 나오는 수천 마리 같은
나를 증명한다.

다리밖에 없는 나는 따뜻하게 엉키다가 죽고 다시 태어난다.
마치 번식과 이동밖에 모르는 사랑처럼.

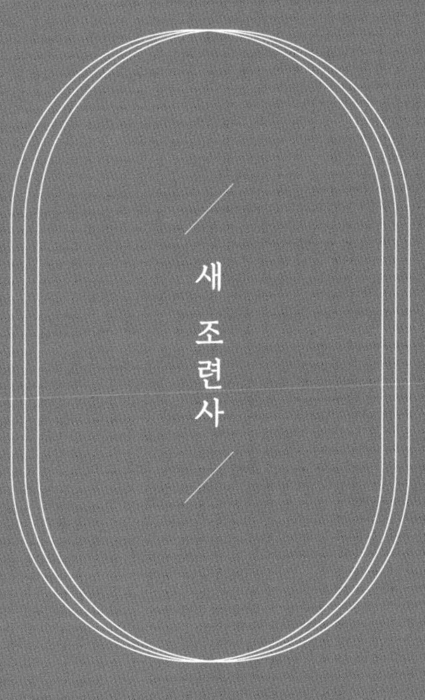

새 조련사

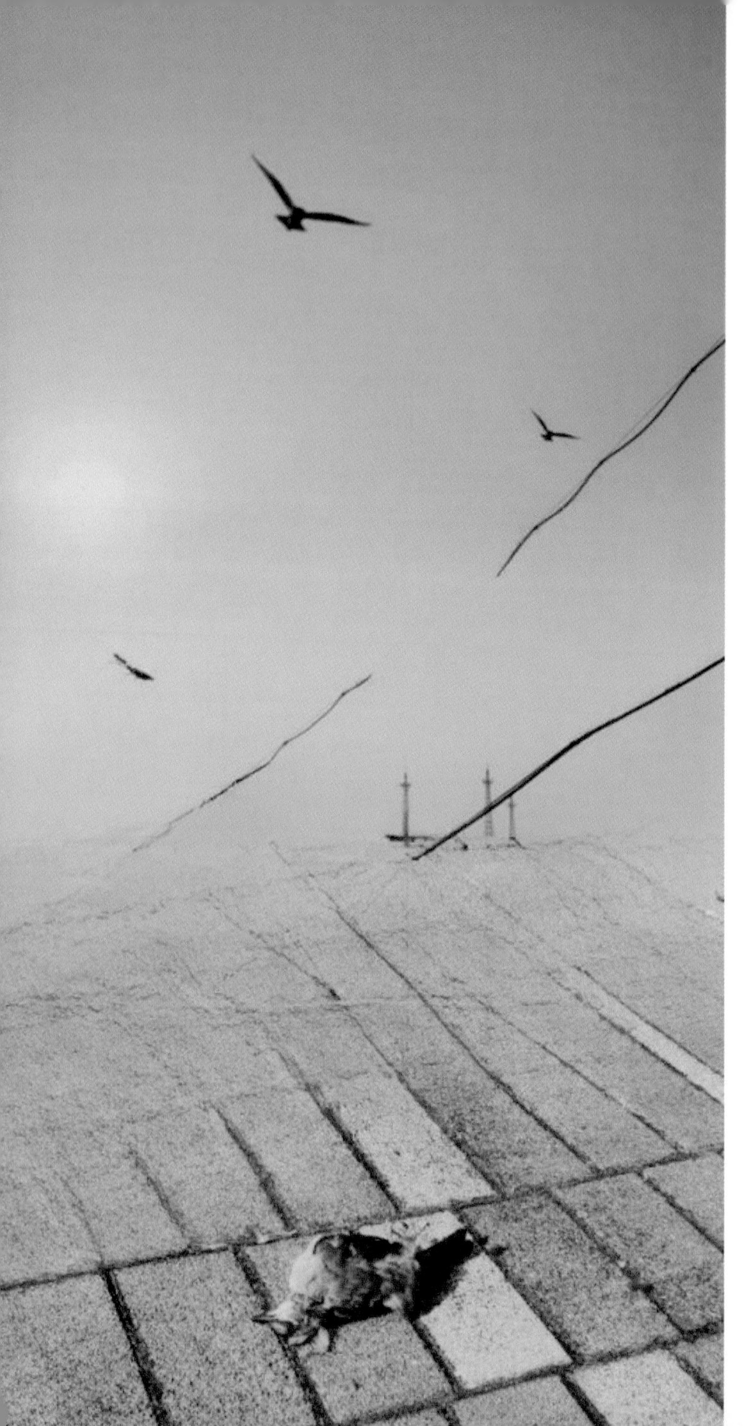

새 조련사

우리는 자신의 숨을 지휘하는 새를 최대한 멀리 보내고 그것을 미행하며 숨을 잇는다

새는 숨으로만 느낄 수 있는 귀신이다

새와 가까이 지내면 숨소리가 들린다
고독할 때만이 우리는 새와 놀 수 있다

타자의 숨 속에서 나는 최대한 나의 새를 몰아내며 죽은 척하기도 하였다

note

숨을 쉰다는 건 '끝내 잡지 못할 새'의 흔적을 좇는 일 같다.

그러한 새는 내가 고독할 때만 모습을 드러낸다.
내가 나의 숨에 귀 기울일 수 있기 때문이다.

사랑하는 사람의 숨소리를 들어 본 적이 있는가.

그의 숨에 들어가
나의 숨을 맞춰 보거나
나의 숨을 잊은 적이 있다.

숨 막히도록 나를 살게 하는 당신을 새처럼 키워 보고 싶었다.

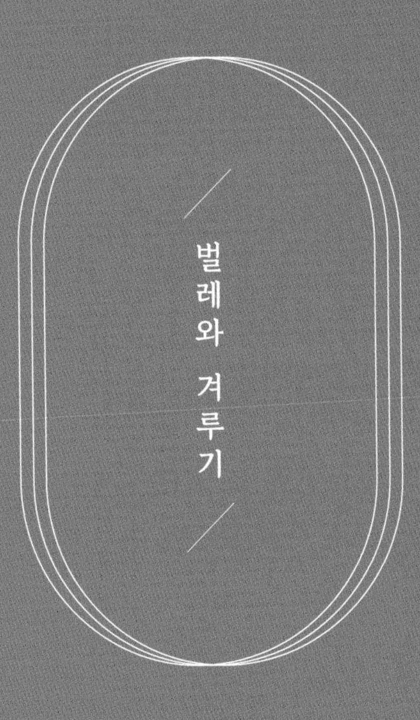
벌레와 겨루기

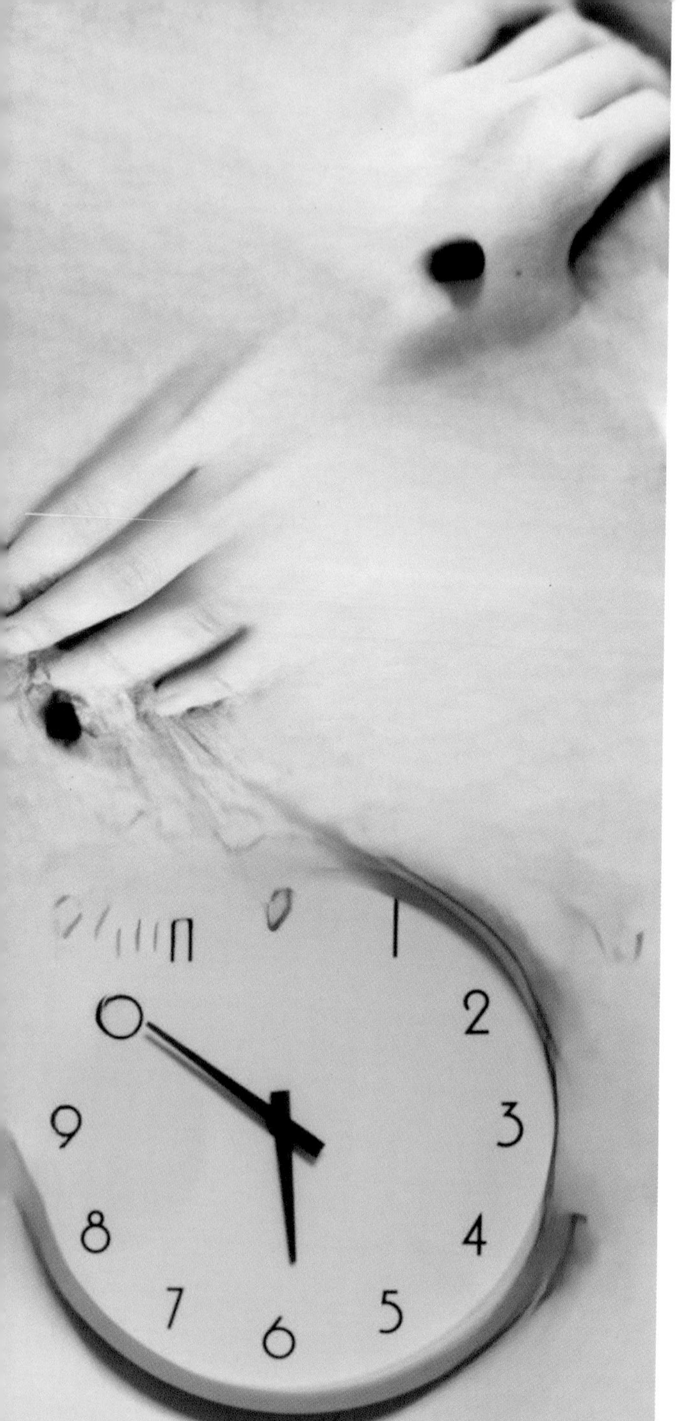

벌레와 겨루기

어둠에 눈이 길들여질 무렵
마음을 뚫고 기어 나오는 벌레

벌레는 이쪽으로 극적인 소폭을 움직이면서 수없이
출렁거린다. 따뜻하게 검은 물방울

"검은 물이 옮아 붙으면 어떻게 되는지 알아?"
벌레는 감히 약 올리는 말을 건넨다
"한 방울밖에 안 되는 주제에"

벽시계가 착, 착, 벌레를 머금고
같은 자리를 닦고 있다

"덤벼 봐, 덤벼 봐"

나는 벌레가 전부 닮을까 봐 아슬아슬하다

note

문득 늦잠을 자고 일어났을 뿐인데
내가 혐오스러워지고 우울해졌다.

눅눅한 이불 때문일까. 암막 커튼으로 인해 여전히 어두운 방의 조도 때문일까.

그러한 날에는 어떻게 해서든 울어야 한다.
울지 않으면 그러한 마음이 번식해서 나를 갉아먹으므로

감정을 최대한 끌어올려서 그 마음을 흘려보내야 한다.

그럼에도 한없이 나를 혐오하고 우울을 되새김질하고 싶은 날이 있다.

시가 닳을까 봐, 시가 나올까 봐

그러한 마음에 최대한 기대어 아슬아슬하게 나를 세워놓은 적이 있다.

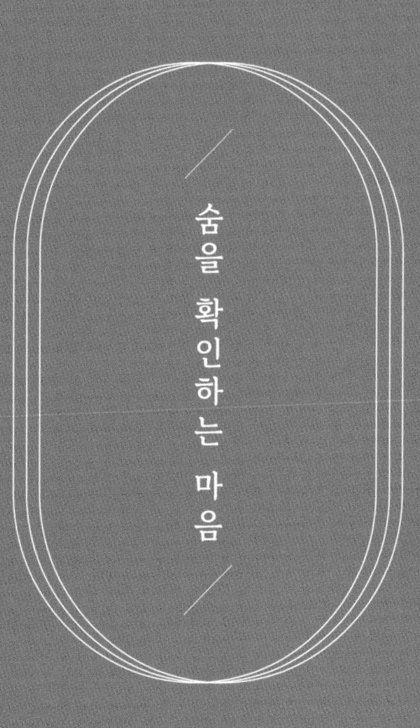

숨을 확인하는 마음

숨을 확인하는 마음

이윽고 나는 새가 되었다는 듯이
새의 무게에서 벗어나기 위해 발버둥 쳤다

이곳이
흔들리기도 하면서

새의 무게는 나를 꽉 끌어안고 극도의 가벼움으로
없는 척한다

note

매번 숨을 쉬지만 숨을 의식하지 못한다.
혹여나 숨을 의식하는 순간
갑자기 숨이 무겁게 드러나 나를 짓누르기도 하는 것이다.

그러면 나는 숨을 잊기 위해, 혹은 숨으로부터 벗어나기 위해 발버둥 친다.
호흡이 흔들리고, 내가 살아 있음이 부자연스러워지면서

어느 순간, 나는 숨을 버티고 있다.

숨을 의식하지 않을 때 자연스러운 건
숨이 내 것이 아니기 때문일지도.

왼발의 연극

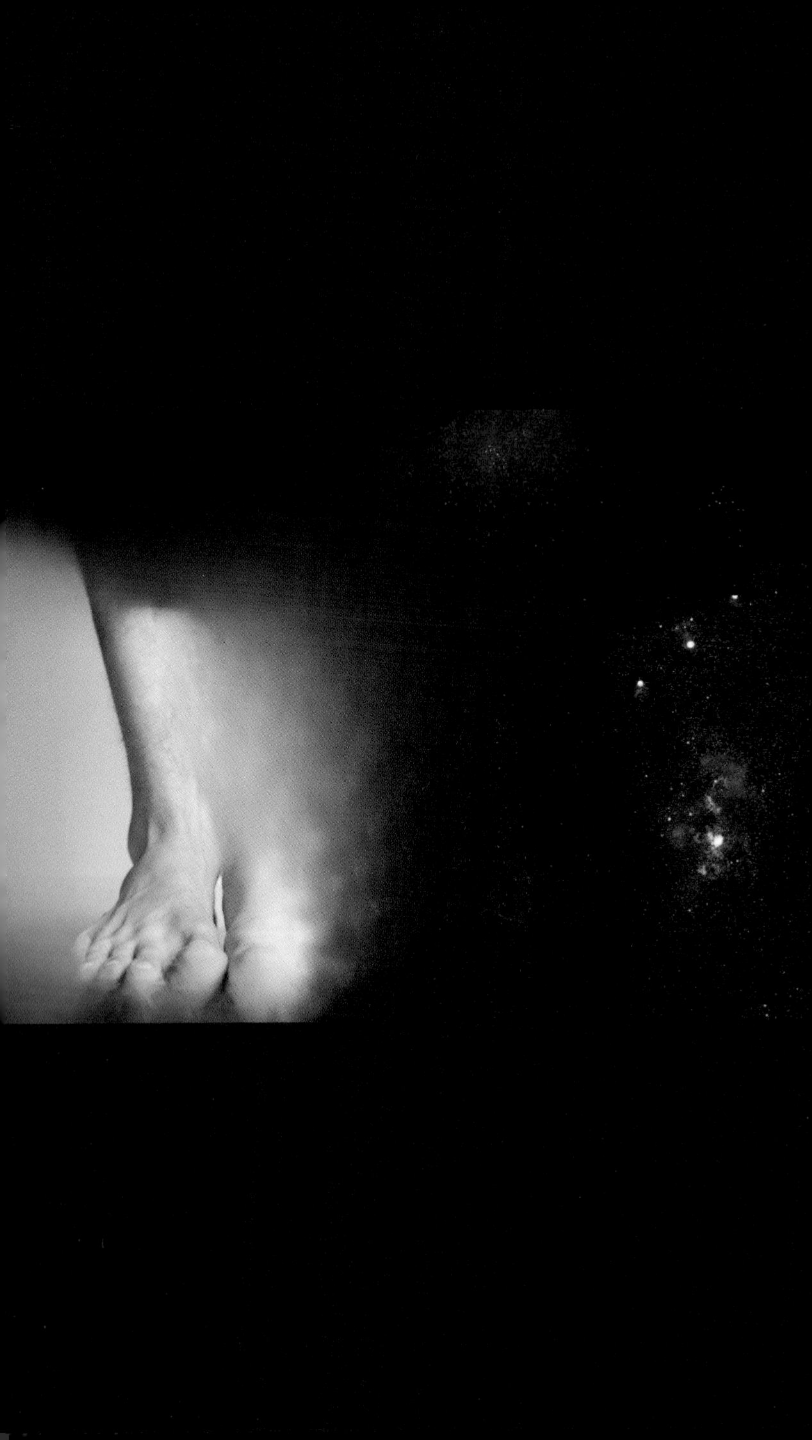

왼발의 연극

그럴 때면 나는 돌아누워 있다가
어느새 이 밤을 홀로 견디는 왼발이 되어 버리는 것이다

나에게 닿지 않는 끌대로 누가 허공을 긁어 댄다
왼쪽으로, 왼쪽으로, 지독하게 왼쪽을 증명하면서

어느 쪽으로 돌아누워도 왼쪽인 나를 둥글게 말면
왼쪽이 우주처럼 자라기도 한다

note

최대한 혼자의 시간을 견디다 보면 온몸이 왼발이 되어 버린다.

움직임이 아무 쓸모없어질 때까지 있다 보면
내가 이곳에 왼발로라도 남았음에 감사하고
어느덧 왼쪽만 고집하고 싶은 아집이 생기는 것이다.

이러한 아집이 원래 나의 것이었나?
낯설어하면서

이리저리 뒹굴다 보면 왼발이 품은 왼쪽의 세계가
우주처럼 자라나기도 한다.

방향을 전부 잃은 곳에서 왼발은
'왼쪽'에 있는 것도, '발'도 아닌 것이 된다.

이제 나는 무엇으로 남아 있는 것일까.

그때마다 아무 쓸모없었던 움직임만이 나를 지키고 있었다.

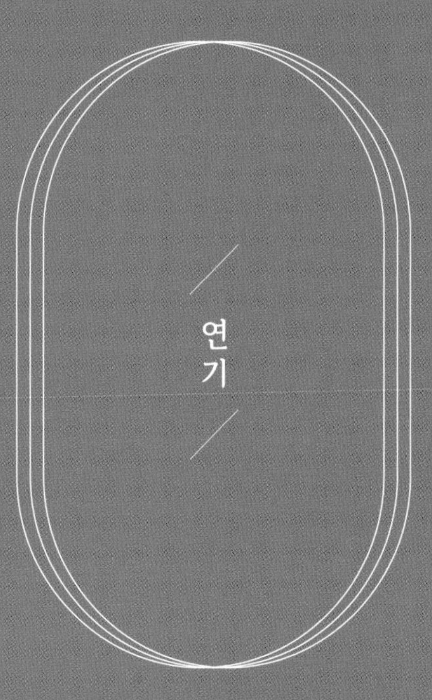

연기

연기

기다란 복도였다
걸으면 걸을수록 햇살이 아팠다

나도 모르는 나를 복도의 설계자는 알고 있다는 듯이
나는 서서히 항복하며 피어났다

자신의 내부를 드러내면서 모조리 말라 가는 기괴

긴 시간만으로도 내상을 입을 수 있다
시간의 미열을 앓다가 누레지는 종이처럼

note

살아가다 보면 내가 생각하지 못했던 나로 살아갈 때가 있다.

소심하고 내향적인 내가 대범하고 적극적인 일을 주도할 때가 있고
낯가림이 심한 내가 친화력을 발휘할 때도 있다.

내가 아는 나로 사는 것이 아니라
살아가면서 나를 알아 간다.

그러다가 나의 에너지가 모조리 말라 가고
나는 내가 전혀 알지 못했던 기괴의 모습으로 발견되곤 한다.

처음에는 참을 만했는데
끊임없이 흘러가는 시간의 미열은 참 무서운 것이다.

그렇게 피어나고, 말라 가고, 사라졌음에도
아무렇지 않게 내상을 버티어야 하는 일상은 끝이 보이지 않는 긴 복도를 닮았다.

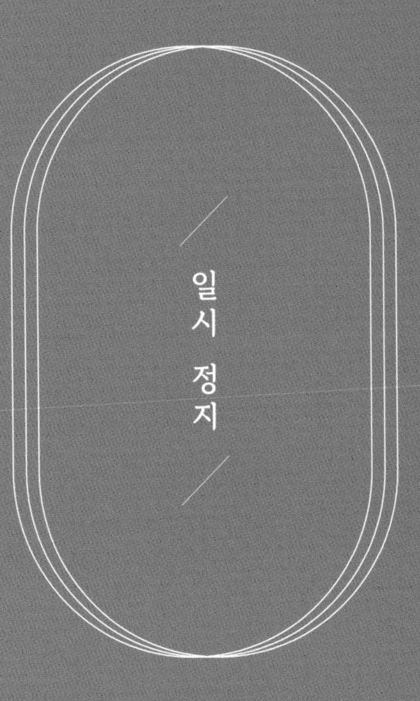

일시 정지

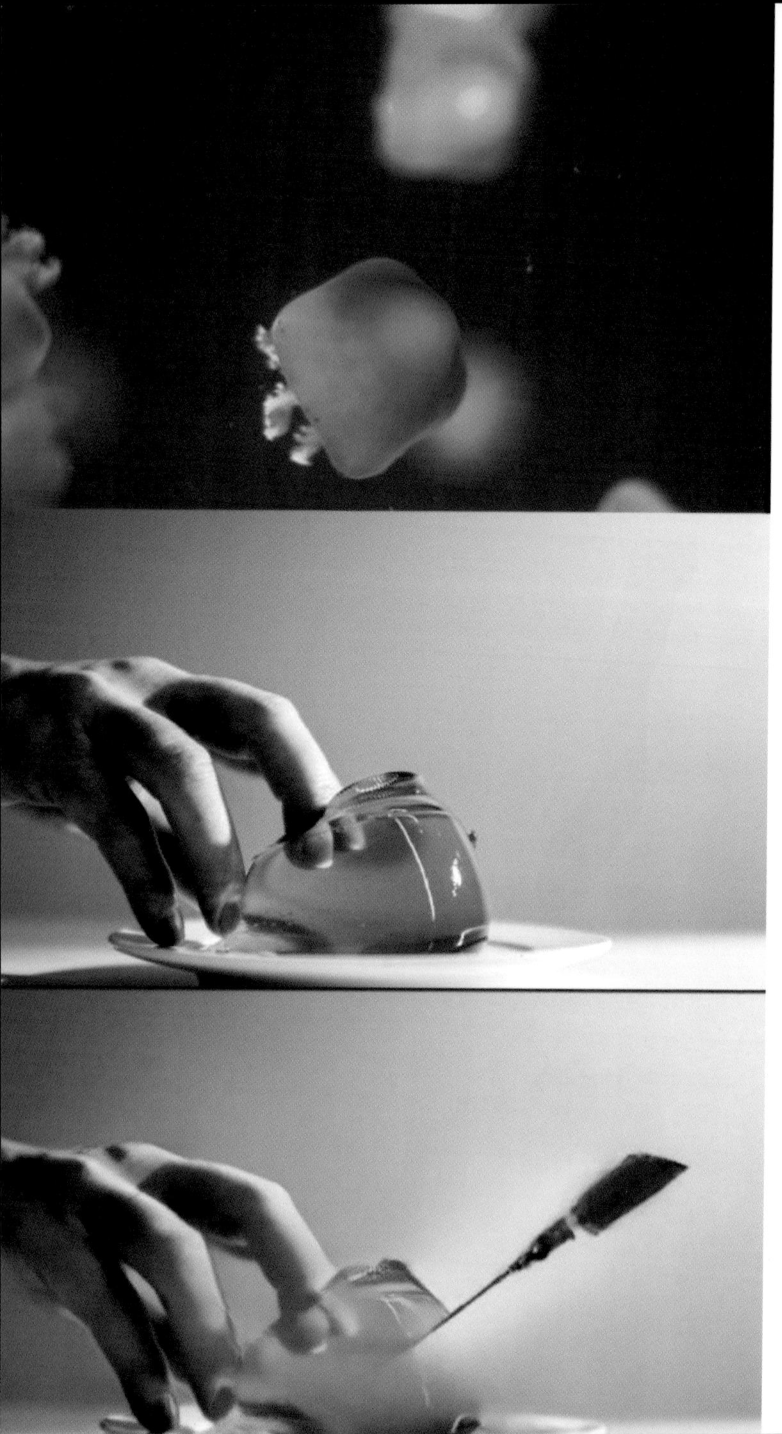

일시 정지

네가 떠나면서 남긴 티셔츠와 거울, 낡아 가는 의자까지
방 전체가 있는 힘을 다해 탱글거렸다
바늘로 찔러도 아프지 않은 피부가 독감처럼 전염되듯이

다만 깊숙하게 바늘이 들어간 반투명한 방은 출렁대지만 흐르지 않는다

note

큰 사건을 겪을수록 시간과 무관한 세계를 경험한다.
그 순간에서 영원히 멈추어 있거나, 서서히 흐름이 사라지는 세계.

그러한 세계는 반투명하다.
완전히 사라지지 않아 반투명해져 버린 사물들과 기억들이 점철되어 있다.

그 세계는 이미 아픔을 전제하고 있어서 그런지 모르겠지만
바늘로 찔러도 꿈쩍하지 않는다.

오히려 바늘을 반투명하게 품고서 자신의 세계로 끌어들인다.

젤리처럼 탱글탱글하고 안이 들여다보이지만
완벽하게 들여다볼 수 없는 반투명의 세계는
출렁대지만 결코 흐르지 않아서

나는 표본처럼 갇혀서 영원히 살아 있는 척했다.

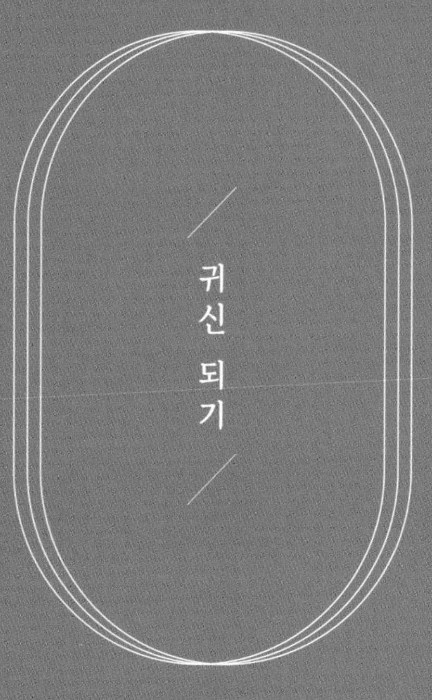

귀신 되기

귀신 되기

화분이 뙤약볕에 놓여 있다

죽은 뿌리를 둔 마른 잎사귀는 자신을 마지막까지 소요하며 여름을 보낸다

쓸쓸한 육체는 자신을 흘려보내는 방향으로 바람이 되기도 하는 것이다

note

시가 무엇인지 고투했던 적이 있다. 물론 지금도 그러한 고민은 진행 중이지만, 돈이 안 되는 시를 위해 이십 대 젊은 날을 전부 바치기에는 허망했던 시절이 있었다. 시도 안 되고 직장도 없는 미래가 두려웠기 때문이다.

그러한 두려움을 힘으로 삼아 더욱 시를 고민했다. 아무도 인정해 주지 않는 나의 시와 직장이 없는 상황을 끝까지 견디면서 보냈던, 유난히 더운 여름이 기억난다. 가장 가까운 사람들조차 나의 삶을 인정해 주지 않을 때 나는 한동안 귀신처럼 살았다. 살아 있다는 믿음과 사라졌다는 소문이 돌던 시기.

그럼에도 시를 위해 소요했던 이십 대가 그립고 감사하다. 언제 순수하게 그토록 나를 버릴 수 있겠는가. '귀신 되기'는 자신이 말라 죽어 가면서도 여전히 잊지 못하는 곳으로 흘러갈 때 일어나는 행운이었다.

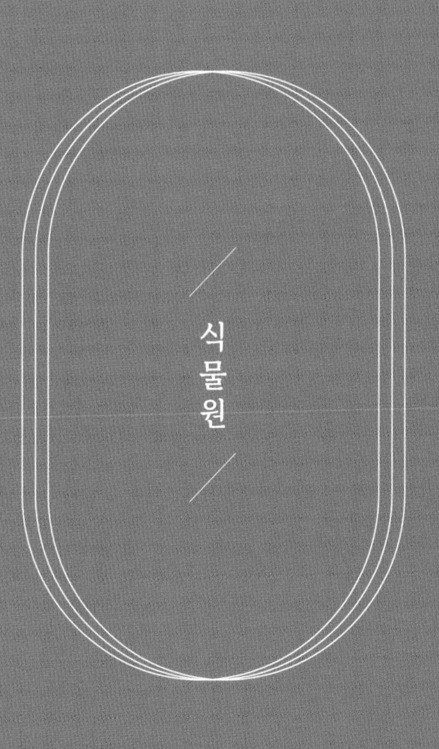

식물원

식물원

한곳을 오래 보고 있는 너는
단조로운 식물처럼 앓았다

앓기 위해 가느다란 줄기로 남았다는 듯이
너는 여러 개의 더듬이로 분해된다

“이것 봐 봐, 고생대에 살았을 법한 식물이야”
사람들은 너의 다발을 관찰하고 냄새를 맡으며 너를
보지 못한다

다만 아주 작은 먼지조차 너를 지날 때면
이곳의 풍경이 울렁거렸다

note

내향적인 나는 사람들을 많이 만나고 온 날에는 반드시 혼자 가만히 앉아 있는 시간이 필요하다. 그렇게 오래 앉아 있으면 드디어 몸 어딘가부터 다시 살아나는 기분이 든다.

다시 나로 돌아오는 시간이 참 좋다. 취향이 각자 다른 사람들을 만날 때마다 나는 나의 취향을 고집할 성격도 못 된다. 사람들을 만나면서 나를 숨겨 왔던 시간들이 이렇게나마 치유되는 것이다.

오감이 아닌, 이 세상에 현존하지 않지만 반드시 존재하는 '그 감각'으로 오래 앉아 있는 나를 바라본다면, 아마 나는 고생대 식물처럼 보일 것이다. 더듬이가 자꾸 자라나는 식물 같은 나는 아주 작은 먼지조차 감지한다. 먼지가 나를 통과할 때의 작은 울렁임으로 우리는 푸르스름하게 인사하는 것이다. 낯가림은 그러한 인사법인지 모른다.

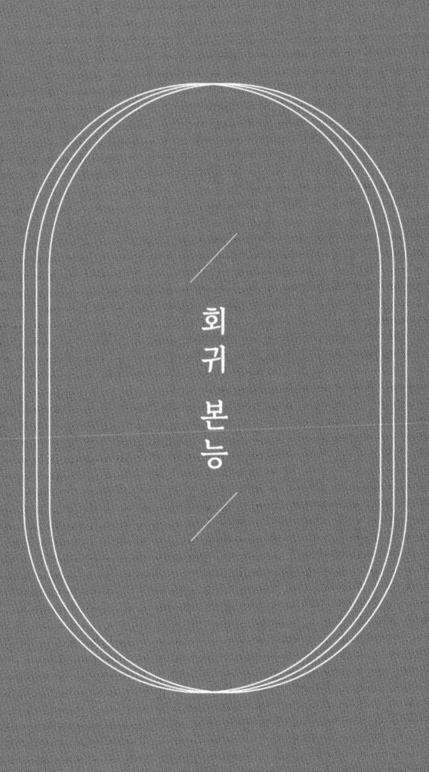

회귀 본능

회귀 본능

손이 닿지 않는 장롱 밑을 쓸다 보면
어릴 적 갖고 놀던 구슬이 굴러 나오듯이

순전한 것들은 자궁을 찾아 매번 태어나는 능력을
지녔다

철봉을 구르고 구르면서 우는 법을 터득한 날
한 번도 경험하지 못한 운동장에 착지하기도 한다

나는 비슷한 자세로 태어날 수밖에 없었는지 모른다

조금씩 중력이 달라져도 영원히 늙지 않는 철봉이
나에겐 있다

note

아침에 보슬보슬 내린 비 냄새가 좋다. 비는 시멘트 사이까지 비집고 들어가 기어코 흙냄새를 들추어낸다. 바람과 나뭇잎까지도 그 냄새에 녹아 있다.

더군다나 그 냄새를 맡은 날 일어났던 일까지 고스란히 회귀할 때가 있다. 시간이 오래 지나도 매번, 조금씩은 다르게, 불현듯 드러나는 감각과 추억은 마음의 힘이 된다.

철봉을 구르듯 쳇바퀴 돌아가는 일상을 살아 낼 수 있는 건 이 모든 삶들이 그 순전한 감각과 추억으로 전환될 순간이 문득 찾아오기 때문이다.

들꽃처럼 부담 없이 아름다운 순간들은 또렷한 기억으로 남지 않아서 다시 태어날 수 있는지 모른다.

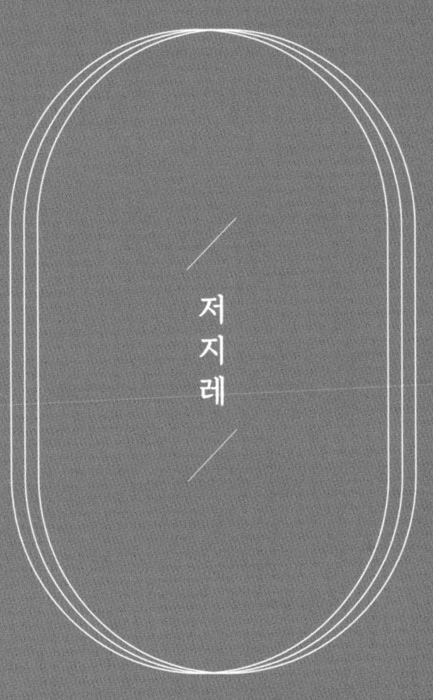
저지레

저지레

아이가 꺾어 온 푸른 잎이 점점 검푸르러진다

꺼진 형광등의 잔광처럼 어룽어룽 물의 성질을 닮은 빛은 위험해서

느닷없이 백지처럼 낯선 오후에 내가 떠밀려 발견되기도 한다

이름도 잊고 어딘지도 잊은 나는 균형점을 찾으며

오랫동안 무늬로 지내기도 하였다

새 떼로 흘러가지 않기 위해 새하얀 물때로 남은 거울이 나의 자화상이다

note

딸이 꺾어 온 잎들이 거실에 널려 있었다. 이따 치워야지, 하고 놓았던 잎들이 반나절이 지나자 색을 잃고 있었다. 검푸르러지는 슬로우 모션의 빛을 마주하며, 이 세계를 이루고 있는 모든 것들이 이러한 빛의 파도에 출렁이고 있을 것이라는 생각이 들었다.

형광등을 껐어도 여전히 어룽어룽 남은 잔류처럼, 정처나 의미나 효율도 없이 떠도는 대낮의 시간이 있다. 이름도, 어디에 있는지도 전부 잊은 상태에 이르기까지 아무 생각 없이 오후를 보내기 위해서는 무늬처럼 남아야 한다. 이러한 오후에는 거울에 남은 새하얀 물때 자국이 나의 자화상이다.

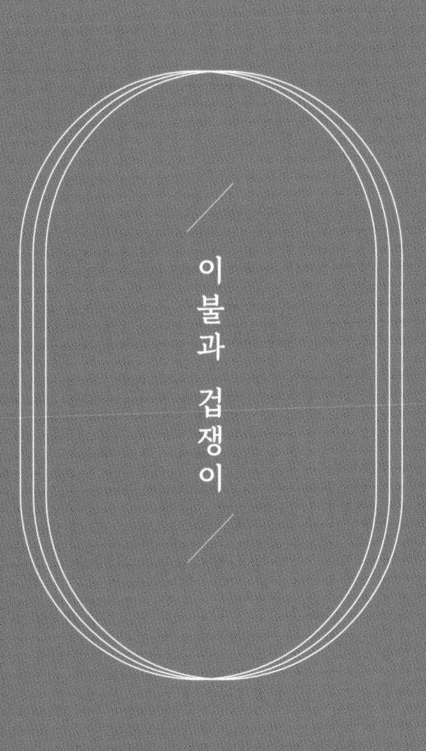
이불과 겁쟁이

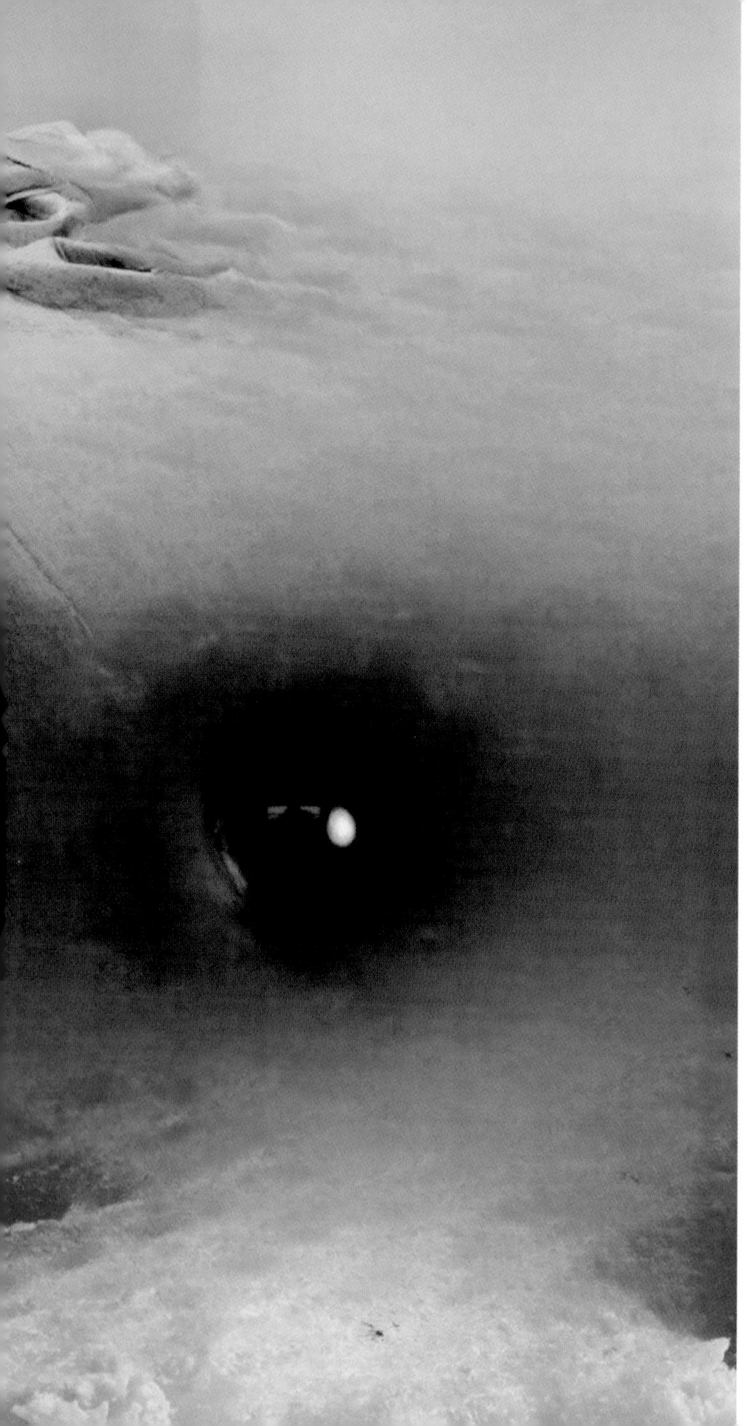

이불과 겁쟁이

덮어 줄 것도 없이 널브러진 이불은
자신의 속을 온기로 데우면서 외딴 영토가 된다

이러한 방법으로 오래 거울을 쳐다보면
서서히 눈이 뜨거워진다

눈은 가장 먼저 고독해지는 기관이다
덮어 줄 것도 없이 널브러진 이불은 자신의 눈을 품고 있는 것이다

고시원에 사는 우리는 각자의 방에서
서로를 상상하며 서로를 보지 못했다
끝내 눈이 자라지 못했기 때문이다
우리는 자신을 덮을 이불조차 갖고 있지 못했으므로

덮어 줄 것도 없이 널브러진 이불은 넘쳐흐른 자국일 수 있겠다

note

고시원에서 살았던 적이 있다. 고시원 벽은 투명하다. 문을 열고 들어오는 소리, 무엇을 만지는 소리, 배 속에서 울리는 꼬르륵 소리까지 전부 들리기 때문이다.

내 옆방에 사는 사람은 인형 눈을 붙이는 사람이었다. 매일 밤, 늦게 봉지를 갖고 들어와 부스럭, 부스럭, 소리를 내면서 밤새도록 인형 눈알을 붙였다. 우연히 복도에서 그녀를 마주쳤지만, 차마 그녀의 얼굴을 바라보지 못하고 인형들의 눈알만 바라보았다.

나는 하루 한 끼 라면으로 생계를 이어 가면서 그녀를 걱정할 처지도 못 되었다. 어쩌면 그녀도 차마 나를 바라보지 못했는지도 모른다.

가끔, 여전히, 고시원에서 살았을 때의 벽이 떠오른다. 그때 내 방에 따뜻한 물건이라곤 이불밖에 없었다. 덮어 줄 것도 없이, 넘쳐흐른 자국처럼.

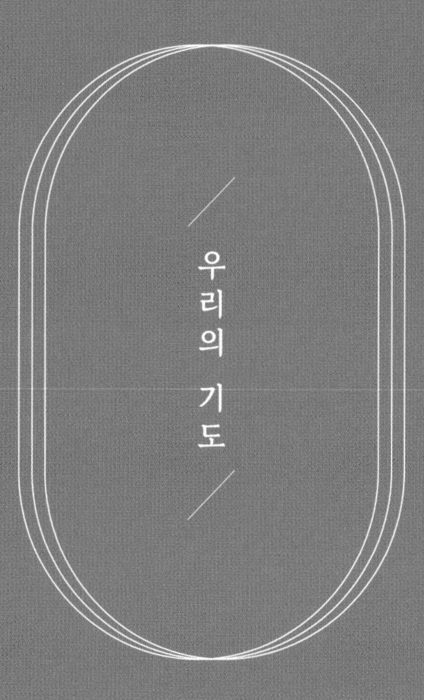

우리의 기도

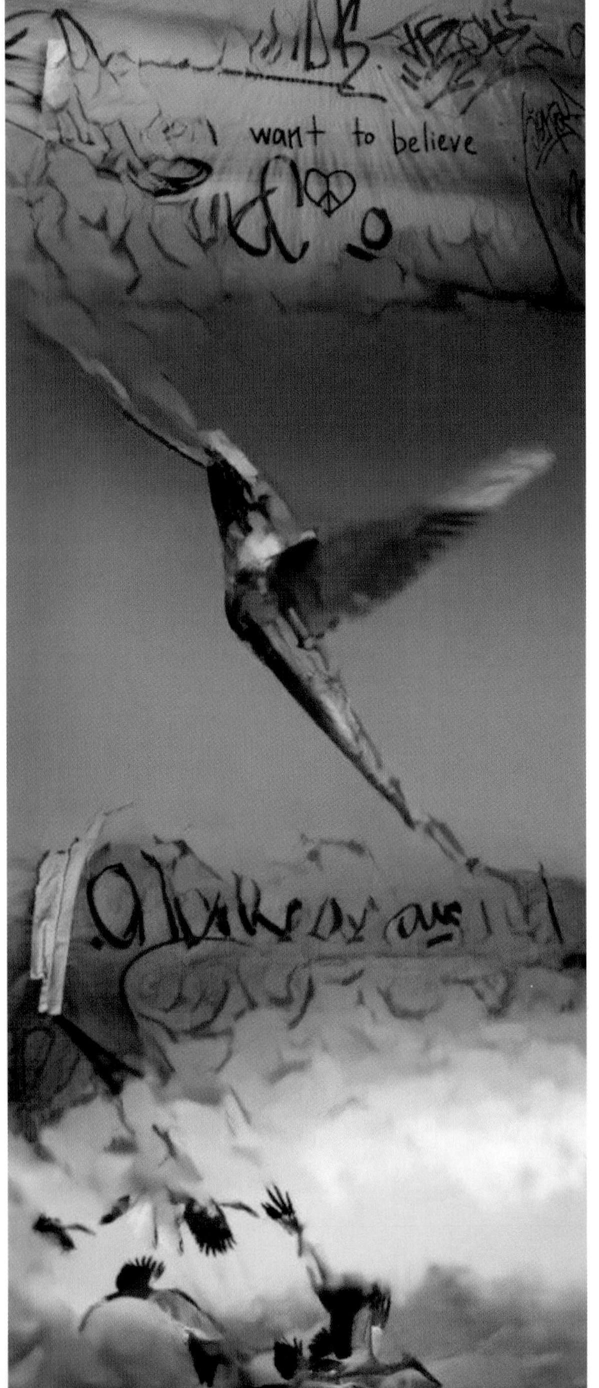
want to believe

우리의 기도

이미 수많은 흔적들이 지나간 떡볶이집 벽면에 우리는 이름의 이니셜과 하트를 작게 남겼다

흔적이란 우리로 이행하는 작은 무게를 깨닫는 방법이다

사라지는 흔적을 보며 새가 여전히 날아가고 있음을 가늠한 적이 있다

착지할 수 없는 바람을 오래도록 따라가다가
기어코 몰려오는 작은 무게를 새라고 부르는 마음을
우리는 그 순간 배웠는지도 모른다

note

내가 살아가고 있는 일이 새가 되어 가는 과정 같을 때가 있다. 나에게 소중했던 사람이 더 이상 소중하지 않고, 우리가 기억했던 장소가 바뀌고, 남겨 두고 싶었던 편지가 분실되는 일. 내가 살아온 흔적들이 증발할 때 나는 새가 날고 있음을 가늠한다.

학창 시절 자주 갔던 떡볶이집에서 떡볶이를 먹으면서, 친구들과 함께 썼던 낙서를 따라 멀리 날아간 새는 어디쯤 도달했을까, 하는 궁금증이 생겼다.

우리는 살면서 몇 마리의 새를 날려 보낼 수 있을까. 그러한 새의 서식지는 이곳의 창밖처럼 무한한 곳일 것이다.

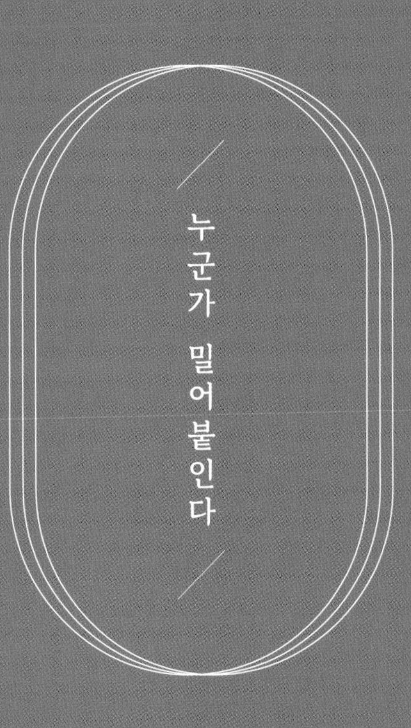

누군가 밀어붙인다

누군가 밀어붙인다

느닷없이 소나기가 내리자
방충망에 붙은 채 죽은 줄만 알았던 벌레가
왼쪽으로, 왼쪽으로 조심스레 자리를 옮긴다

남은 치약을 전부 짜내듯이 누군가 밀어붙이는 생을
낭비하지 않으면서

벌레는 기어이 비 오는 하늘로 날아오를 수밖에 없다

note

가끔 내가 살아 있는 이 현장은 나의 의지와 힘에 의해 도달한 곳이 아님을 느낀다.

나는 어릴 적 돈의 흐름을 좌우하는 경영학을 공부하고 싶었다.

정신을 차려 보니 돈과는 가장 거리가 먼 '시'를 통해 살아간다.

몇 발자국 걸으면 눈물이 나거나, 어떤 일도 손에 잡히지 않는 권태가 밀려오는 날에도

기어이 누군가가 나를 시를 향해 밀어붙인다.

비 오는 하늘을 향해 날아오르는 날벌레처럼

나는 나에게 남은 생명력을 시로 해석해 내야 한다.

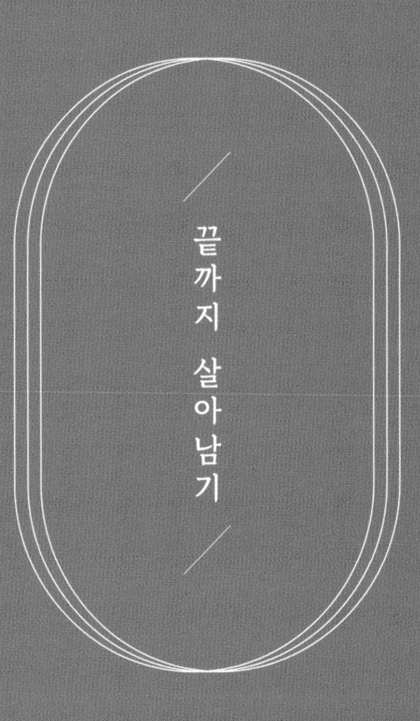

끝까지 살아남기

SPLY-350

끝까지 살아남기

폐가에 놓인 신발이 겨우 형태를 유지하며 말라 갔다
신발은 점차 신발로부터 빠져나오는 중이었다

누구의 손처럼 보이다가 작은 새가 되기도 하면서
신발은 생기를 내뿜으며 점차 기체가 되어 갔다

어느 날부터 신발은 사라지고
몸통이 누런 생물이 앉아 있었다

"끄르르, 르르, 끄르"

그것은 화난 듯이 곧바로 튀어 오를 것 같으면서도 고독했고
회상하는 듯이 보이다가도 앞을 주시했다

note

오랫동안 '한라'라는 이름으로 불리어 왔다.

첫 시집을 낼 때는 그 이름으로 불리기 싫었다.

그동안 세계를 의심 없이 살아온 순전한 나로 불리기 싫었기 때문이다.

나에게는 의심할 때 발현되는 생기가 있다.

그러한 생기는 나를 비로소 시인으로 살게 한다.

시인으로 활동할 때 쓰는 '유하'라는 이름은 '있을 유', '큰 집 하'를 써서 '큰 집이 있다'는 의미를 갖는다.

내가 태어나기 이전부터 있었던 집을 떠나 나만의 집을 찾아 온전히 불안하고 싶다.

그건 태생의 순간과 만나는 작업이다.

거리의 기후

거리의 기후

같은 거리에 모여 걷는 우연은 각자 외로워지는 무도회다

나와 같은 눈빛을 한 그의 눈에 우연히 나의 눈을 덮어 주는 일만으로도
이곳은 하얗게 부대끼는 구석이 된다

사람들이 많은 이 거리는 한 번도 발견되지 않은 사람이나 어느새 이곳에 도착한 사람이 쓸쓸하고 다정하게 모여 퀘퀘한 대기를 이룬다

언제라도, 금방 비가 내릴 것 같았다

note

낯선 사람과 대화를 하면 할수록 외로워졌다.

타자로부터 밀려나고 타자를 밀어내는 느낌 속에서 타자와 만나는 무도회.

그럼에도 나는 눈빛으로 그러한 타자를 안고 춤을 출 때가 있다.

서로가 하얗게 부대끼다가 구석이 되어 갈 때까지.

그러한 대기는 비가 내릴 것 같지만 비가 내리지 않는다.

다만 우리들의 안개 속에서 어떠한 괴물이 나올지도 모를 것처럼

우리는 불안하게 숨죽이고 있는 나를 숨길 수 있을 뿐이다.

커튼 뒤 새의 색깔은 무엇일까

커튼 뒤 새의 색깔은 무엇일까

저녁 여덟 시가 되면 그 새가 떠날 것을 알고 있다

새가 사라지면 이곳은 새가 떨어뜨린 하얀 깃털이 된다

저녁 여덟 시가 되자 정말 새는 떠났다

눈을 감으면 흰 털들이 한쪽으로 쏠려 휘날렸다

어떠한 표정들이 불어와도 나는 흰 털을 흔들 줄밖에 모른다

note

사람마다 무표정이 다른 이유는 무표정이 의미를 갖고 있다는 반증이 된다.

나는 무표정으로 웃는 사람, 무표정으로 사랑을 하는 사람, 무표정으로 나를 받아 주는 사람 들이 좋다.

담백하고, 거짓이 없으며, 순수하다.

무표정은 바람이 불거나 작은 새가 날아가도
쉽게 흔들린다.

약하고 의미 없는 얼굴에 대해 궁금증을 품으며 살고 싶다.
"커튼 뒤 새의 색깔은 무엇일까"라는 질문을 품고 나만의 색을 입히면서.

자신감

자신감

깜깜한 방에 누워 있으면 스탠드 옷걸이가 옷들과 함께 곤죽이 되다가 서서히 살아난다

어둠은 살이 되곤 했다 구석에서 오래 산 인형을 보면 살이 된 어둠이 스산하게 스며 있다

만질 수 있는 살은 빙산의 일각이다 나머지는 바람처럼 흘러 다니다가 저녁 하늘로 발견되기도 한다

거울 속에 보이지 않는 살을 믿기 위해서는 소량의 공포가 필요했다

note

나를 믿는 마음이 사라질 때가 있다.

내 모습조차 보이지 않는 깜깜한 방에서
나를 믿기 위해 두 눈을 부릅뜨면
내 손이 날아다니는 박쥐처럼 보이기도 한다.

날아갈 것 같은 덩어리가 나의 팔과 연결되어 있을 때
나는 손에 대한 자신감이 필요하다.

거울은 나를 온전히 비추지 못한다.
거울의 빈틈으로 어둠은 살이 되어 장난을 친다.

그러한 어둠의 활발함이 참 좋다.
이러한 호감에서부터 자신감이 비롯된다고 믿기 때문이다.

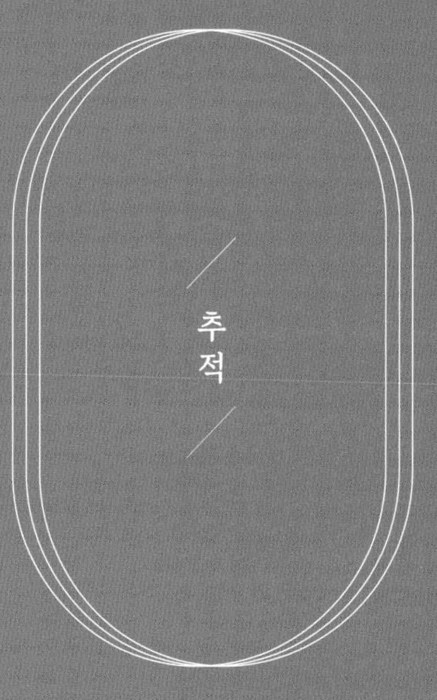

추적

추적

책벌레가 눌려 죽은 채 작은 점으로 남았을 때도 종이의 여백이 서서히 흘렀다

나는 이러한 여백의 흐름 속에 비친 몸을 내려다보곤 한다
머리까지 물속에 들어간 침수성 식물처럼 손이 올라가고 허리가 굽어지다가 전신을 엎드릴 때 급류가 흐르곤 했다

춤은 이러한 이동을 몸속으로 삼킨 증상이다

note

죽은 책벌레를 오래 쳐다보고 있으면
책벌레가 움직이는 대신 종이의 여백이 흐른다.

침묵은 가만히 있지 않다. 그래서 타자의 침묵이 나에게 흘러올 때
이루 말할 수 없는 세계에 불편할 때도 있다.

어떤 타자의 침묵은 나의 근본을 물결처럼 흔들어 보기 때문이다.
그러한 흔들림에 흔들리는 나는 침수성 식물이다.

타자의 침묵에 동요해 본 사람은 안다.
그것이 얼마나 공포스럽고 황홀한지를.

그러한 침묵 속에서 너도, 나도, 한 번쯤은 춤을 추어 본 적이 있을 것이다.
같이 침묵에 응하면서 어떠한 정해 놓은 방향도 없이 흘러가는 분위기를 꾹 참고
마음이 술렁거린 적이 있었을 것이다.

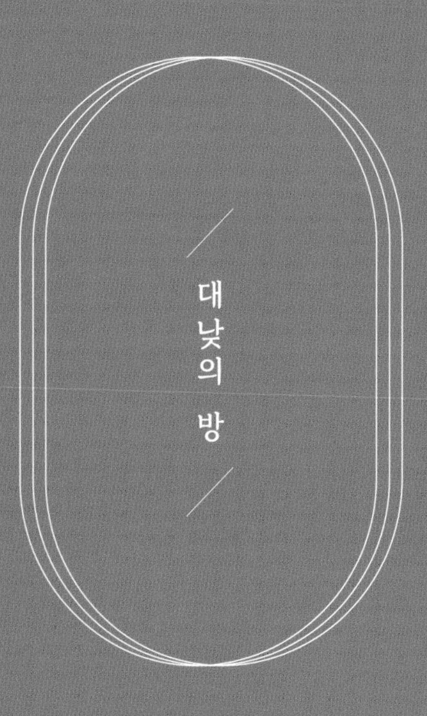
대낮의 방

대낮의 방

대낮에 형광등의 빛을 받고 있으면
방이 공갈빵처럼 구워진다

방은 부풀어 오를수록 가벼워서 어지러움이 찾아든다
눈치채지 못할 속도로 방이 조금씩 움직이고 있기 때문이다

방은 정착한 적 없는 음악이다
방을 듣고 있으면
소모되기 위해 눅눅해지다가 무거워지는 우기가 찾아든다

전부 흘러가 버린 적적한 창문을 나는 곧잘 발견하였다

note

늦잠을 잘 수 있는 일요일의 분위기가 좋다.
커튼 사이로 다정하게 들어오는 햇살과
시간이 늦은 아침 식사
그리고 따뜻한 커피를 천천히 즐겨도 아무런 죄책감 없는
무해한 분위기.

이십 대 후반, 몸이 아파서 그토록 좋아하던 일요일을 매일같이 살았다.
아무것도 할 수 없는 무기력한 몸을 이끌고 엉기적, 엉기적
식사를 하면 불안한 미래도 사라지고

오롯이 나는 공갈빵처럼 부풀어 올랐다.
아무 이유 없이 텅 빈 채 부풀어 오르는 몸을 부대껴 하다가

울면, 사람들은 아무 이유 없이 너는 잘 우는구나, 한다.

괜찮았다. 전부 흘러가 버린 적적한 창문을 발견할 수 있는,
텅 빈 방이 마음에 들었다.

늘 새롭게 텅 빌 수 있는 방의 능력을 연습했다.

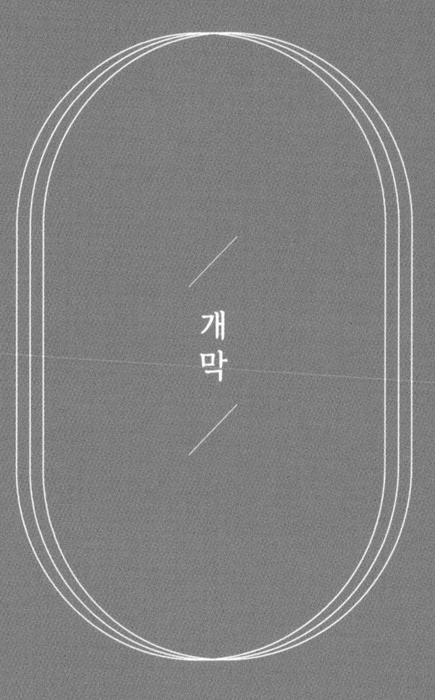
개막

개막

누군가의 살과 부딪치면 부싯돌처럼 빛이 튀기도 하고
꼼짝없이 내가 까마득해지기도 한다

빛이 저문 살을 손으로 뒤척이면 무엇이 만져질 것 같다가도
내 손조차 잃어버리곤 하였다

아득해지는 살이 서서히 걷히자 비로소 잃어버린 손이 드러날 것 같아 두려웠다

나는 나에게 숱한 비밀이었다

note

자신을 잘 아는 사람은 없으므로, 누구나 비밀이다.

나를 만지는 나의 손이 타자처럼 느껴질 때
비밀로서의 나를 감지할 수 있다.

내 살을 내가 간지럽히면서 노는 오후
아득해지는 살이 나의 손을 잊어버린 적이 있다.

타자의 손보다 더욱 타자의 손 같은 나의 손을
다정한 타자라고 비밀처럼 속삭이고 싶었다.

따뜻하고 외로운 살 속에 숨겨 둔 나의 손들이
불현듯 발견되는 꿈을 꾸기도 하였다.

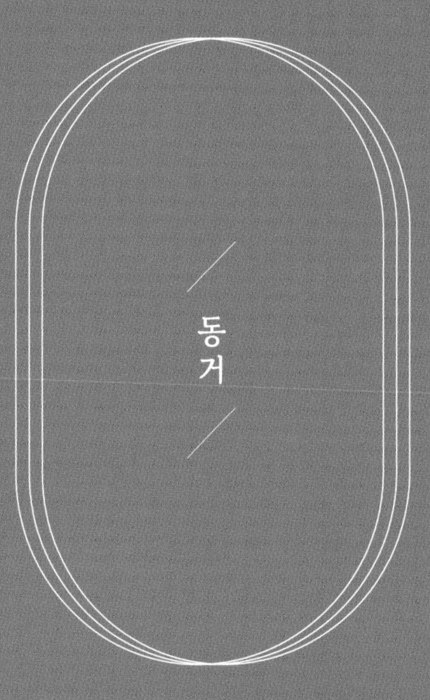

동거

동거

벽지는 낡아 갈수록 잠식되지 않는 빛을 발견한다

어둠을 몰아내는 것이 아니라 어둠으로 드러나는 방법을 빛으로 터득할 때

벽지는 물러나지 않는 저녁이 되었다

note

우울할수록 밝아지고 싶었다.
미소 짓는 일이 가장 어려웠다.

입술의 근육을 움직인다고 미소를 지을 수 없었다.
미소는 물질적인 현상이 아닌, 안테나를 통해 받을 수 있는 미세한 흐름이었다.

나는 그러한 흐름을 만들어 내는 빛의 공장이 고장 났다.
그래도 물러나지 말자, 다짐했다.

어둠으로 나를 드러내는 방법도, 드러낼 수만 있다면 빛의 한 종류라는 생각이 들었다.

나는 물러나지 않는 저녁을 택했다.

이제 나를 자세히 보아 주는 사람들이 문득 스치는 별빛을 보았다고
다정한 말을 건네주곤 한다.

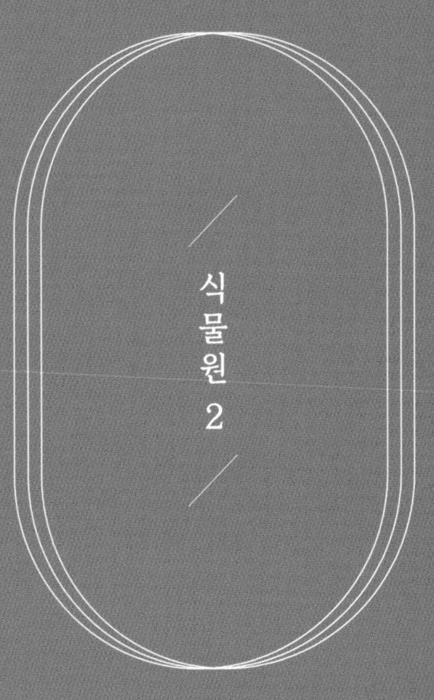
식물원 2

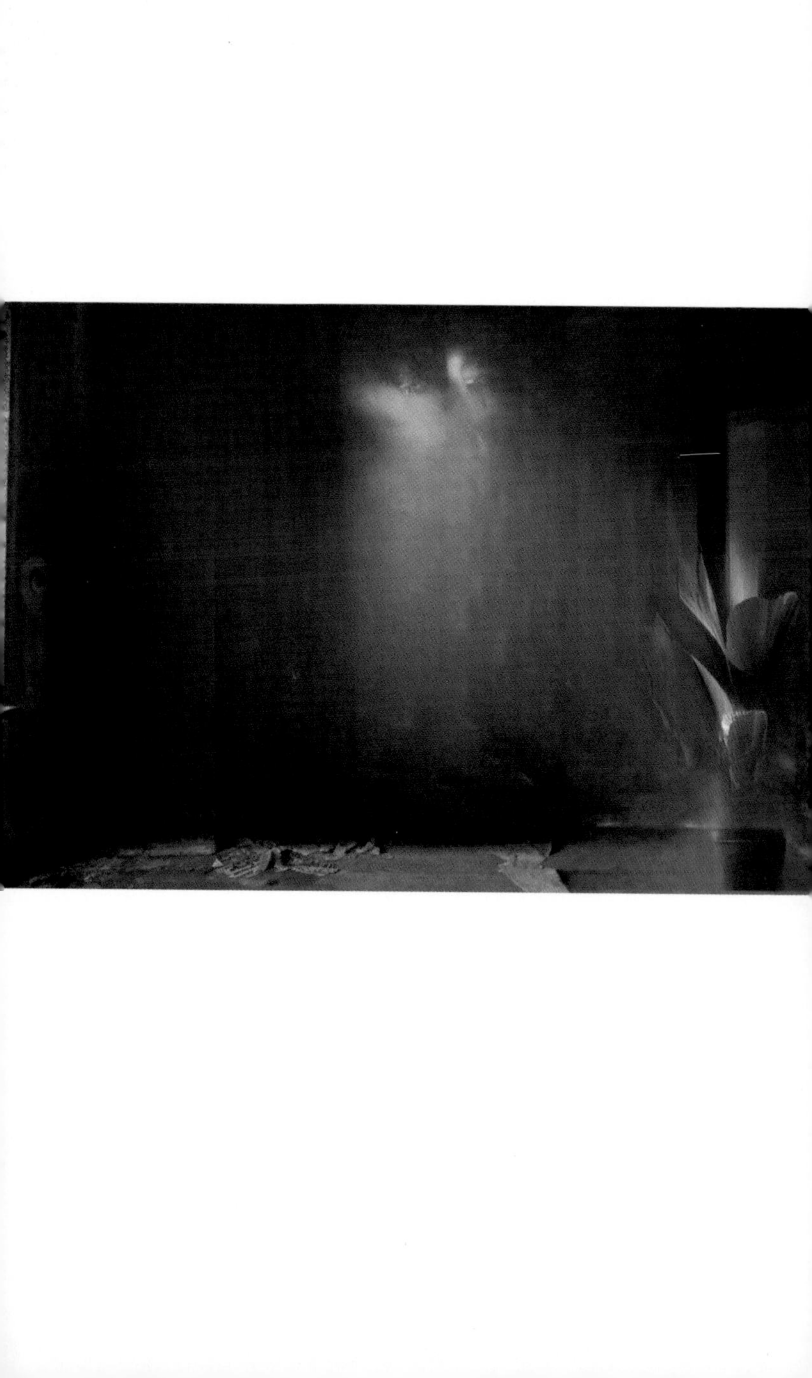

식물원 2

방이 멎지 않은 이유는
잎이 우거진 나무가 살아 있기 때문이다

그리고 정말 나무가 사라졌다

“미안해, 미안해”
아이처럼 우는 나의 목소리에 눈을 떴다

나무가 살아나는 소리가 들려올 것처럼
마음을 자꾸 소리와 연관시키면
나를 미행하고 있는 기분이 든다

note

환기를 한 번도 안 한 것처럼 방이 멎을 때가 있다.

그러한 방 안에서 여전히 죽지 않고 살아 있는 나무가 있었다.

나는 나무가 죽을까 봐 두려웠고

결국 나무는 사라지고 말았다.

죽음과 사라짐 사이에는 거리가 있었으므로

나는 나무가 다시 살아나는 것이 아니라 다시 나타나야 한다고 믿었다.

오랫동안 나무는 나타나지 않았다. 그것은 죽음과 유사했다.

나무가 살아나는 소리가 들려올 것처럼, 서서히 죄책감이 들기 시작했다.

어쩌면 나는 '죽음'을 영원히 사라졌다고 믿었는지 모른다.

사라졌다는 건 어딘가 있다는 희망을 준다.

어딘가 나무가 살아 있을 것이라고 믿으면
그 사라짐을 견딜 수 있기 때문에.

그러한 견딤은 나를 미행하는 기분과 닮았다.
나는 이미 죽었는지도 모른다.

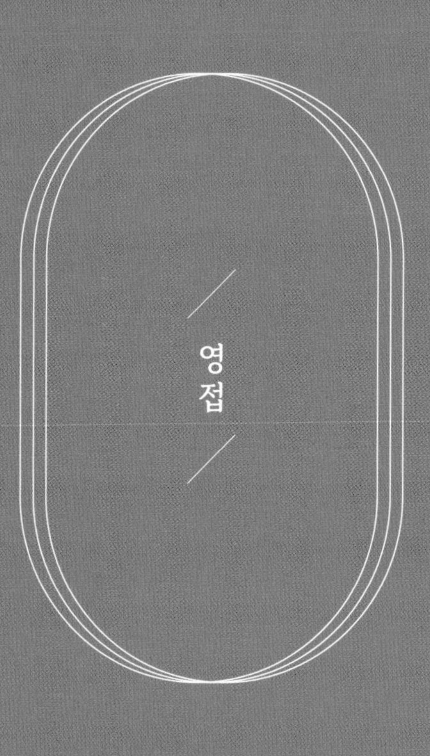

영접

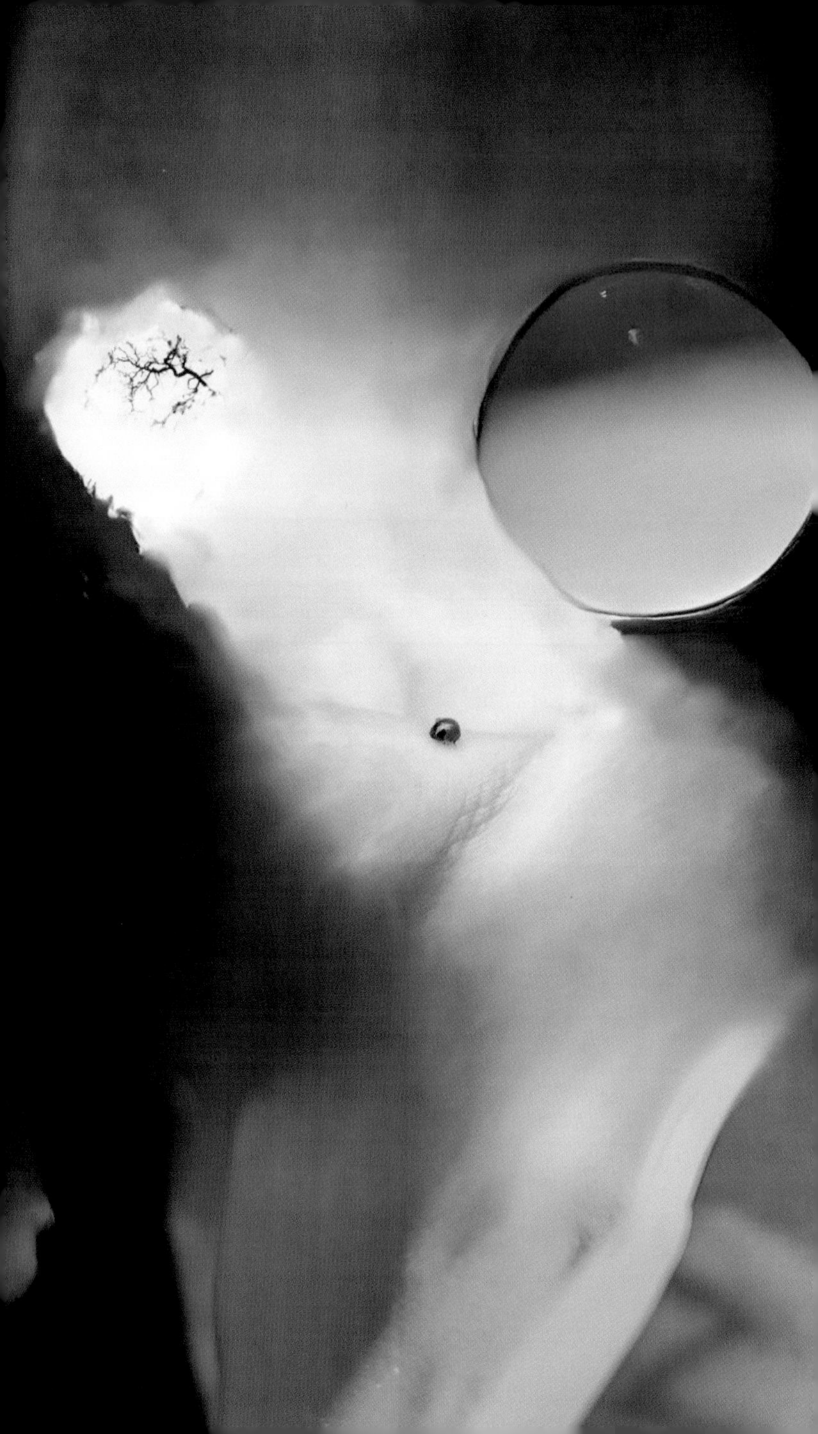

영접

돋보기를 통과한 빛은 서서히 그리고 마침내 살을 뚫고 있었다

"당신은 나의 무엇을 들여다보고 있습니까!"
나는 고통 속에서 울부짖으며 기도했다

빛이 사라지기 시작했다

다만 그 구멍 속으로 들어간 벌레가
내가 볼 수 없는 모종의 빛을 흉내 내고 있었다

note

나는 내가 모든 일을 짊어지고 살 수 있을 것 같았다.
그럴 수 없음을 알았을 때부터 신앙은 자랐다.

삶이 타들어 갔다.
돋보기로 빛을 모아 곤충을 죽이듯이
신은 나를 실험하면서 내가 살아 있음을 깨닫게 했다.

어느 날, 나는 울부짖으며 죽여 달라고 애원했다.
그제야 살 것 같다는 희망이 생겼다.

남들은 다리가 여덟 개 달린 희망을 보고 살충제를 뿌리고
구두를 던질지도 모른다.

하지만, 나는 너를 알아본다.
그러므로 얼른 기어가서 저 멀리서 빛으로 점멸하기를!

단상(斷想) - 에필로그

* 큐알코드를 통해 디지털 포엠을 감상하실 수 있습니다.

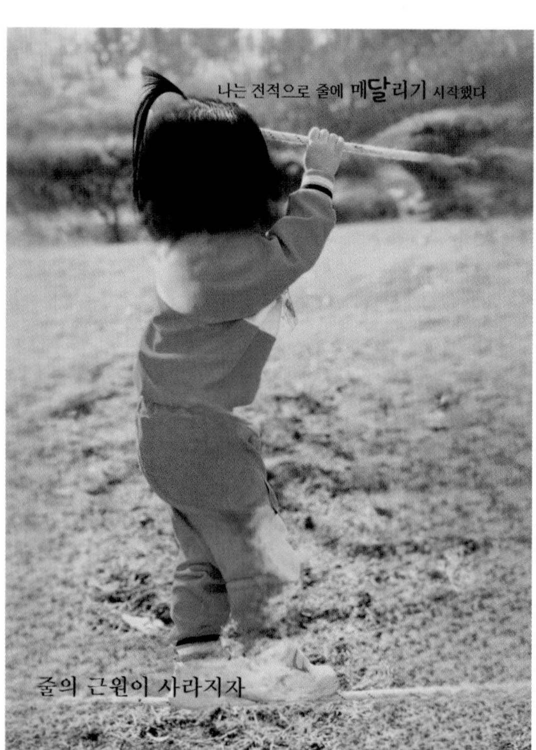
나는 전적으로 줄에 매달리기 시작했다
줄의 근원이 사라지자

줄타기

줄의 근원이 사라지자
나는 전적으로 줄에 매달리기 시작했다

물고기 꼬리를 달고 이동하는 저녁 하늘이
오색 찬란한 우주의 알들을 쏟아 냈다

산란

물고기 꼬리를 달고 이동하는 저녁 하늘이
오색찬란한 우주의 알들을 쏟아 냈다

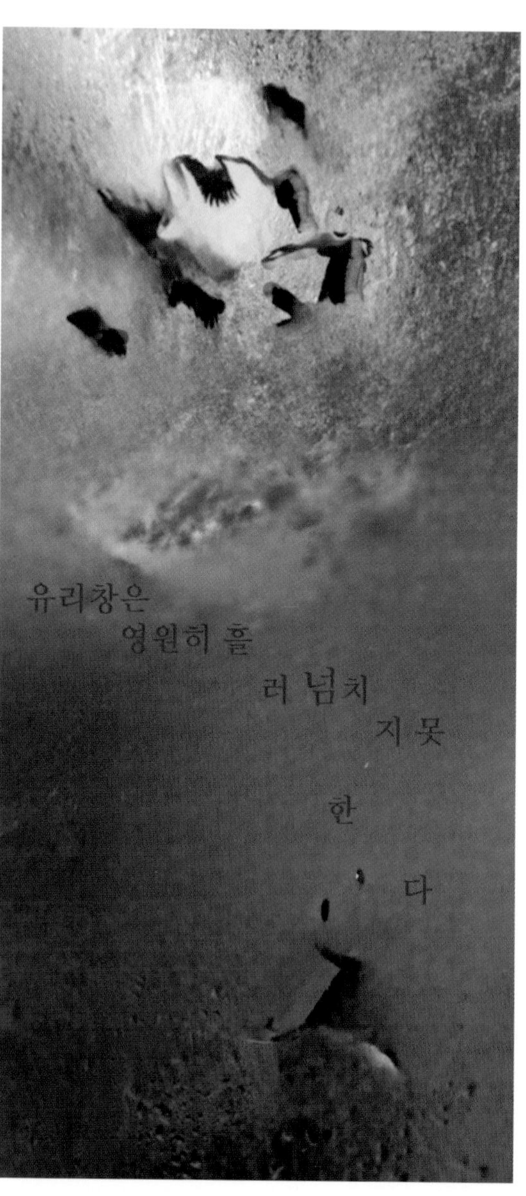
유리창은
영원히 흘
러 넘치
지 못
한
다

호흡

유리창은 영원히 흘러넘치지 못한다

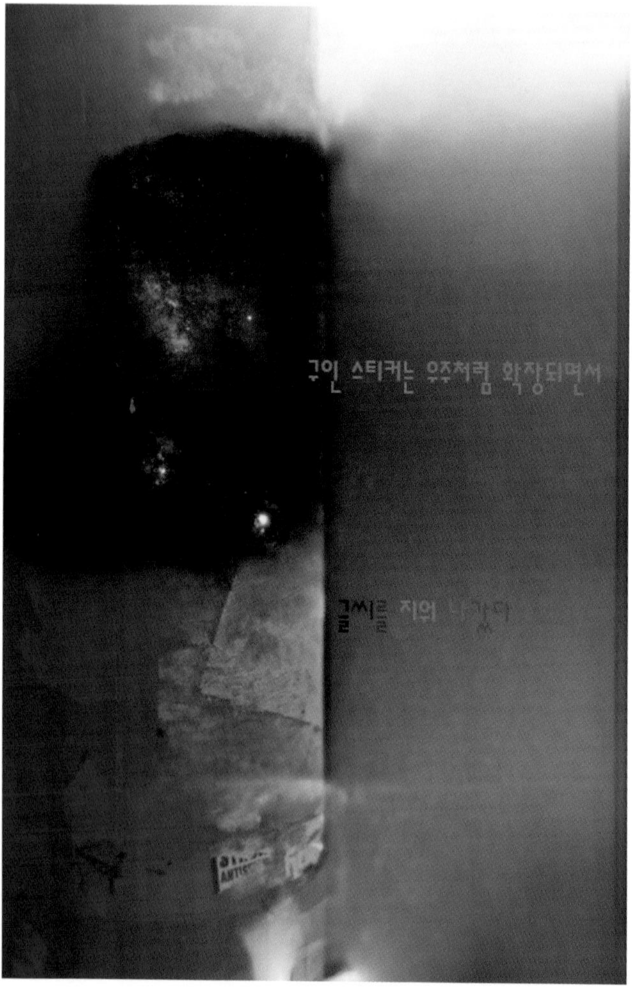

구인 스티커는 우주처럼 확장되면서

글씨를 지워 나갔다

성장

구인 스티커는 우주처럼 확장되면서
글씨를 지워 나갔다

쓸쓸하지 않은 벽은 없다
붉은 신경이 안에서 느릿느릿 춤을 추고 있기 때문이다
그러다 벽이 살이 되기도 하면서
붉은 신경은 음악이 된다

간지럼

쓸쓸하지 않은 벽은 없다
붉은 신경이 안에서 느릿느릿 춤을 추고 있기 때문이다
그러다 벽이 살이 되기도 하면서
붉은 신경은 음악이 된다

환수를 잘하지 않으면 물이 탁해지고
실버팁테트라는 죽을 것이다

슬픔을 자주 갈아 주어야 건강해지는 체질처럼

그렇게 두 눈을 떴다 대낮에도 형광등 빛이 울렁이는 이곳에서

젖지 않는 건 결국 어종으로 살아남아서

실버팁테트라는 튀어 오른다

이 어종은 밖으로 탈출하는 점프사가 잦아
어항에 반드시 뚜껑이 필요하다

실버팁테트라

환수를 잘하지 않으면 물이 탁해지고 실버팁테트라는 죽을 것이다 슬픔을 자주 갈아 주어야 건강해지는 체질처럼

그렇게 두 눈을 떴다 대낮에도 형광등 빛이 울렁이는 이곳에서 젖지 않는 건 결국 어종으로 살아남아서

실버팁테트라는 튀어 오른다 이 어종은 밖으로 탈출하는 점프사가 잦아 어항에 반드시 뚜껑이 필요하다

어디에도 새가 없는데
새가 울었다

우리는 새털이 떨어진 바닥에 귀를 대보았다

당연한 일이 현실에서는 매번 처럼 느껴졌다

새 찾기

어디에도 새가 없는데
새가 울었다

우리는 새털이 떨어진 바닥에 귀를 대보았다

당연한 일이 현실에서는 매번 도전처럼 느껴졌다

0. 디지털 변형 사진과 스토리 시

시는 최대한 권력과는 거리가 멀어야 한다. 이는 그 누구도 시를 객관적으로 정의할 수 없다는 점에 기인한다. 각자 시를 정의하고, 다르게 시를 쓰면서 시의 양상은 번식해 왔다. 그럼에도 시의 역사를 살펴볼 때 새로운 시를 인정하는 '문단의 권력자'가 존재했던 점은 부정할 수 없을 것이다. 시의 유행을 좌우하는 출판사나 비평가, 시인이 존재하지 않는 시단은 어떠한 괴물을 양성할 수 있을까.

시를 가르치는 현장에서, 요즘 젊은 시인들이 쓰는 시가 어렵다는 문제 제기를 수없이 들어 왔다. 그럼에도 이제 막 시를 쓰는 습작생에게 요즘 등단한 시인이 쓴 시는 마치 '모범 답안'인 것처럼 기준이 되곤 한다. 시 쓰기가 코미디로 전락하는 지점은 자신이 그토록 어렵다고 비판한 시를 정작 본인이 따라 쓰고 있다는 점이다. 시를 따라 한다는 것 자체가 어불성설일 뿐만 아니라, 적어도 시를 쓰는 사람들이라면 철저하게 자신이 시를 정의할 수 있을 때부터 시작해야 한다.

그리고 그러한 시의 새로운 정의가 '시의 위기'를 대처할 수 있는 정의라면 더욱 좋겠다는 생각이 문득 들었다. 시는 늘 위기여야 한다. 그럼에도 시가 '독자'를 전제한 '문학'이라는 점에서 극소수자의 독자밖에 없는 작은 영토를 넘어서 시가 영향력 있으려면 어떻게 해야 할지에 대해 고민을 해왔다. 앞서 언급한 '시의 위기'는 구체적으로 '독자 수의 위기'를 일컫는다. 시도 수많은 사람이 관심을 가질 때 더욱 발전하기 때문이다.

시가 개인의 옹알이로 그치지 않았으면 좋겠다. 이는 시인을 위함이 아니다. 많은 사람들이 의미를 의심하고 자신의 의미를 찾아가는 시의 운동에 동참해서 좀 더 잠재적인 세계를 증언하는 묵언이 확장되었으면, 묵언할 수밖에 없음을 자신만의 활자로 더듬어 보는 사람들이 많았으면, 그래서 애초부터 시가 주장하는 '자유'를 많은 사람들이 누렸으면 하는 바람이 있다. 묵언의 아우성이 커질 때 세상은 새롭게 창조되어 갈 것이다. 이렇게 시가 신이 되기 위해서는 좀 더 많은 사람들이 시를 사랑해야 한다.

내가 선택한 '디지털 포엠' 양식은 이러한 고민으로부터 시작되었다. 본 시집에서 시도한 '디지털 포엠'은 한남대학교 국어국문창작학과 장노현 교수가 논문 「디지털 포엠의 시적 전략과 디카시의 변화 방향성」에서 주장한 '시적 전략'을 적용한 결과다. 이에 따르면 디지털 변형 사진은 다른 세계의 침입을 증언함으로써 탈문자화된 시적 형상을 동반한다. '디지털 변형 사진'은 시각적 충격을 제공할 뿐만 아니라 디지털 매체에서 유통되기 유리한 형식으로 작용한다. 이와 같이 디지털 매체에서 유통되는 '디지털 포엠'은 따라서 출판과는 거리가 멀 수도 있다. 그럼에도 출판을 강행하는 이유는 '디지털 변형 사진'과 '시'라는 원재료를 보여 주기 위함이다. 본 시집에서 소개된 원형에 해당하는 '디지털 변형 사진'과 '시'는 매체에 따라 다양하게 활용해서 업로드할 수 있다. 즉 하나의 디지털 변형 사진과 시는 다양한 디지털 포엠의 형식으로 여러 번 재창조가 가능하다. 여러 번 재창조를 시도해야 하는 이유는 SNS에 따라 디지털 사진이 다르게 출력되기 때문이다. 예를 들어 페

이스북과 인스타그램에 같은 사진을 올려도 다르게 출력된다. 이는 화면에 출력되는 사진 규격이 서로 다르기 때문이다. 각각 매체에 맞는 디지털 포엠을 창조할 수 있음을 보여주기 위해 본 시집은 원형으로서의 디지털 사진과 시를 소개하였다. 이는 앞으로 다양한 SNS에 맞게 제작될 것이다. 본 시집의 <단상-에필로그> 편에는 인터넷에 업로드하는 예시의 형태를 제시해 놓았다. 이렇게 소개된 디지털 포엠은 하나의 예시에 불과하며, 원형의 '디지털 변형 사진'과 '시'는 SNS 매체에 맞게 음악을 삽입한 '영상'이나 '글씨 배치'가 다른 형태로 새롭게 업로드될 수 있다.

본 시집은 '디지털 변형 사진'과 더불어 시의 난해성을 해결하기 위해 '이야기 시'를 또 하나의 장치로 활용하였다. 이야기를 통해 시의 순간을 표현할 때 시는 재미와 흥미를 더할 수 있다. 이는 일반 '디카시'보다는 문자가 다소 많아진다는 특징을 갖는다. 그러나 '시'를 정의하는 데 있어 글자 수는 중요한 요소가 아니다. 이번 시집은 애초부터 기존의 디카시를 답습하기 위한 시도가 아닌, 시의 난해성을 해결하기 위한 양식을 찾아보기 위한 결과였다. 이 밖에 '사진의 정확성' 측면에서도 본고의 디지털 변형 사진은 기존의 디카시와 다르다. 디카시의 이미지는 '선명'하다. 하지만 본고의 디지털 변형 사진은 비교적 '흐릿'하다. 이는 극리얼리즘을 지향한 것이 아닌 꿈과 같은 모호한 이미지를 기반으로 작업했기 때문이다. 카메라 기술이 지금처럼 발전하기 이전으로 돌아가 그림과 사진 사이에서 작업하고 싶었다. 천천히 진행되는 파괴로 인한 화질의 분진 속에서 이미지를 건져 내고 싶었다.

새로운 양식을 실험하기 위한 첫 단계로 이번 디지털 포엠 시집 『나는 수천 마리처럼 이동했다』는 필자의 시집 『신의 반지하』를 활용하였다. 즉 『나는 수천 마리처럼 이동했다』는 디지털 포엠 양식을 소개하기 위해 'one source multi-use'를 시도한 결과다. 이는 하나의 시집을 통해 다양한 양식의 확장을 실천해 봄으로써 시의 전달 효과를 높이기 위함이었다.

주지하다시피 시대가 변할 때마다 시의 갈래도 같이 변해 왔다. 고려가요에서 시조로, 시조에서 현대시로 변천하는 과정을 봐도 알 수 있듯이 시는 늘 사회 문화와 상황을 잘 드러낼 수 있는 양식을 취한다. 변혁을 알아보기란 어렵다. 예를 들어 손수레에서 택시로, 종이와 활자가 없던 시대에서 출판이 가능한 시대로 전이하는 당시를 살았던 사람들은 의외로 그 변화를 인지하기 어렵다. 그 당시의 사람들은 꾸준히 일상을 살아가기 위한 '적응력'으로 많은 변화를 놓치기 때문이다. 우리는 포스트 코로나 이후 디지털 시대가 더욱 가속화되어 가고 있음을 정확히 인지해야 한다. 이러한 시대를 반영하는 시의 새로운 갈래가 출몰하는 건 자연스러운 이치다. 시집 『신의 반지하』와 디지털 포엠 『나는 수천 마리처럼 이동했다』를 비교해 봄으로써 디지털 포엠의 효과를 같이 공감하거나 비판해 보았으면 좋겠다.

2023년, 몸짓과 말짓 사이에서, 박유하.

나는 수천 마리처럼 이동했다

1판 1쇄	2023년 6월 30일
지은이	박유하
펴낸곳	끝과시작
펴낸이	박은정
편집	박은정
디자인	양희재
출판등록	제2022-000083호
전자우편	typistpress22@gmail.com

ISBN 979-11-981886-3-2

* 책값은 뒤표지에 있습니다.
* 파본은 구입처에서 교환해 드립니다.

* 끝과시작은 출판사 타이피스트의 임프린트입니다.

"이 도서는 한국문화예술위원회 2023년도
청년예술가생애첫지원 사업을 지원받아 제작되었습니다."

끝과시작